띠링! 메일이 왔습니다

띠링! 메일이 왔습니다

이선주 소설

다림

나는 글을 쓸 때, 나와 만나는 느낌이 든다. 아마도 발레를 하는 사람은 발레를 할 때, 축구를 하는 사람은 축구를 할 때 그런 느낌이 들지도 모르겠다. 명색이 작가지만, 나와 만나는 느낌을 글로 표현하는 건 언제나 난해하고 어렵다. 그러나 처음 그런 감정을 느꼈을 때만큼은 선명하게 기억난다.

초등학교 6학년 국어 시간이었다. 도입부에 이어 이야기를 짓는 활동을 했다. 아이들은 왜 이런 걸 해야 하냐고 투덜거렸지만, 나는 그런 생각을 할 틈도 없었다. 말도 안 되는 이야기를 적어 나가며 나는 점점 심취했고, 글쓰기 칸이 너무 적어 아쉬워하기도 했다. 당시 나는 아주 대단한 이야기를 적었다고 느꼈다. 내 글을 객관적으로 돌아볼 능력이 부족하기도 했지만, 그보다는 방금 내 안에 일어난 감응 때문이었다. 대단한 글이 아니라면 방금 느낀 그 벅찬 감정은 무엇이란 말인가, 하고 말이다.

그때 느낀 기쁨을 잊지 못해 글을 쓰는 것 같다. 나는 이걸 '사라지지 않는 기쁨'이라고 부른다. 이 기쁨은 오직 나로부터만 발견할 수 있다. 나는 가끔, 인생이란 자신을 알아 가는 긴 과정 같다는 생각도 한다.

2쇄부터 표지가 바뀌었다. 편집자님으로부터 바뀐 표지를 전달받고는 오랫동안 시선을 뗄 수 없었다. 아름답다고 느꼈다. 1쇄 표지를 아끼셨던 분들께는 조금 서운한 소식일 수도 있지만, 분명 바뀐 표지도 마음에 드실 거라 믿는다. 1쇄 표지 작업에 참여해 주신 분들께도, 2쇄 표지 작업에 참여해 주신 분들께도 진심으로 감사의 인사를 전한다.

글은 혼자 쓸 수 있지만 책은 혼자 만들 수 없다는, 당연한 사실을 새삼 깨닫는다.

길고 어두운 터널이 곧 지나갈 거라 믿는다.

2021년 어느 봄날,
이선주

점과 점을 이으면

거울에 비친 진짜 나는

언니는 44사이즈

담임 쌤이 문제인 걸까, 작가님이 문제인 걸까. 며칠 전, 〈작가와의 만남〉 행사에서 소설 작가의 강연이 있었다. 청소년 소설을 출간한 작가님이시라는데, 솔직히 나는 처음 들었다. 물론 내가 책을 안 읽기는 한다. 웹툰이랑 웹소설은 자주 보는데 일반 소설은 잘 못 읽는다. 저번에 세계적인 명작이라며 국어 담당인 담임 쌤이 《데미안》을 추천해 주셔서 읽었는데 정말 토할 뻔했다. 알을 깬다는 게 무슨 말인지도 모르겠고 싱클레어는 왜 데미안 엄마처럼 나이 많은 사람을 좋아하는지도 모르겠다. 주인공의 심정이 이해가 가야 책을 읽는데 이해가 안 가니 자꾸 딴생각을 하게 되고, 그러면 읽었던 부분을 다시 읽게 되고 이걸 몇 번 반복하다 보면 진도가 안 나가서 중간에 그만두게 된다.

웹소설은 재밌게 잘 읽는 걸로 봐서는 내 문제가 아니라 오로지 소설의 문제인 듯싶다. 이태리 작가님 책도 마찬가지다. 아니, 자아를 찾는다고? 그게 말이나 되나. 돈도 아니고 과자도 아니고 핸드폰도 아닌데 그걸 도대체 어떻게 찾나? 거기 나오는 주인공들도 다 바보 같다. 자아를 찾아 달라는 애나, 자아를 찾아 주겠다고 하는 애나. 어쨌든 그런 소설을 쓴 작가라고 해서 일찌감치 강연에 대한 기대는 접었는데 역시나 강연은 지루했다. '아, 언제 끝나지?' 생각하고 있는데 담임 쌤이 갑자기 숙제를 내 준 것이다.

아마 애들이 대충 흘려듣고 있다는 걸 눈치챈 듯하다. 담임 쌤은 꼭 저런 식이다. 저번에 방송국 정치부 기자가 왔을 때는, 그날 저녁 뉴스를 보고 기억에 남는 한 꼭지를 요약해 오라는 숙제를 내 줬다. 그날 저녁에 뉴스를 보는 내내 머리가 터지는 줄 알았다. 자꾸 여당은, 야당은, 청와대는, 정부는 이러는데 여당이랑 야당이 무슨 차이인지, 청와대랑 정부는 뭐가 다른지 이해가 가지 않았다. 결국 할아버지가 해 주는 말을 적어 갔다가 담임 쌤이 발표를 시키는 바람에 창피만 당했던 기억이 난다.

"……자꾸 우리나라를 사회주의 국가로 만들려는 음모가 일어나는데 북에서 보내온 간첩을 간첩인 줄도 모르고 자꾸 뽑아 주니까 문제가 생기는 것인데, 그런 꼴 보면 정말 투표고 뭐고 다 없애 버려야 하는데, 그래도 민주주의 국가이니까 투표를 하는 게 옳고, 뭣보다 우리는 간첩을 딱 보고 알아채는 영민함을 갖추어야 하고, 그래서 우리는 열심히 유튜브를 찾아봐야 합니다."

내가 이런 발표를 하는 동안 담임 쌤의 입이 자꾸 벌어졌다. 애들 중 일부는 웃고 일부는 무슨 말인지 이해를 못 한다는 듯 고개를 갸우뚱거렸고 일부는 딴생각을 했다. 내가 요약을 잘못했나? 생각할 때쯤 담임 쌤이 가까스로 정신을 차리고 "숙제는 남의 생각이 아닌 자신의 생각으로 해야 하는 거야."라고 말했다. 나는 내 생각이 아니라 할아버지 생각이었다고 솔직하게 말한 후에 다음번에는 꼭 숙제를 제대로 해 오겠다고 했다.

그런데 이번 숙제는 자신의 자아를 가장 잘 표현하는 사물을 찾아오는 거라고?

허참. 정말 인생 어렵다.

열여섯 내 인생은 자꾸 꼬여 가지만, 그래도 방학에는 늘 즐거운 일이 일어난다. 서울로 대학 간 언니가 방학 때마다 내려오기 때문이다.

언니는 나와 달리 공부를 잘한다. 나는 공부를 못한다기보다는 안 한다. 일찌감치 공부는 나와 맞지 않는다는 것을 깨닫고 상업 고등학교로 진학해 바로 취업할 계획을 세워 뒀다. 엄마도 적성에 안 맞는 공부를 억지로 하느니 자기가 하고 싶은 일을 하고 사는 게 똑똑한 거라고 했다. 물론, 언니에게는 늘 공부가 남는 거라고 했지만.

엄마는 박쥐인가? 하긴 엄마는 할머니, 할아버지가 부부 싸움할 때도 그 앞에서는 아무 말 안 하다가 할머니가 화장실에 가면 할아버지한테, "아버님! 어머님 저러는 게 하루 이틀이에요? 마음 넓은 아버님이 참으세요." 했다가 또 할아버지가 나가고 할머니 혼자 남으면, "어머님이나 되니까 아버님이랑 사시는 거지 아무나 아버님 비위 못 맞춰요." 한다.

이쯤 되니 엄마는 정말 박쥐가 맞다.

***

"언니!"

나는 언니가 안 보이는데도 언니를 불렀다. 버스에서 차례로 사람들이 내렸다. 개중에는 내가 아는 사람들도 있었다. 나는 설레는 마음으로 안녕하세요, 인사하며 언니를 기다렸다. 두 명에 한 명꼴로 내가 아는 사람들이다.

불과 6개월 전에도 이 자리에서 언니에게 손을 흔들었다. 거산군에 터미널은 오직 이곳뿐이다. 채 20평이 안 되는 낡은 대합실과 그것과 연결된 버스 정류장이 다. 이곳에 서서 도시로 나가는 사람, 이곳으로 돌아오는 사람을 번갈아 바라보며 누구의 얼굴이 더 행복한지를 살폈다. 당연하게도 도시로 나가는 사람의 얼굴이 더 행복해 보였다.

나도 반년 후에는 도시로 나갈 것이다. 거산군에는 상업 고등학교가 없기 때문이다. 이제 곧 이곳을 벗어난다고 생각하니 숨통이 트이는 것 같다. 평생 이곳에 살아야 한다면, 혹은 언제 이곳을 떠날지 기약이 없다면 난 아마 미쳐 버렸을 것이다. 거산군의 문을 열고 다른 세계로 나간다는 것……. 그것이 《데미안》에서 말한 알을 깨는 것일까? 어렵다 어려워. 이해하고 싶지 않아.

"언니……?"

언니를 닮은 사람이 버스에서 내리고 있다.

나는 언니에게 천천히 다가갔다. 언니가 맞는데 언니가 아닌 것 같은 이 느낌을 뭐라고 표현해야 할까? 언니가 아끼는 나이키 운동화에 언니가 좋아하는 티셔츠를 입고 있었지만, 작년과는 완전히 다르다. 작년 여름엔 쫄티처럼 여유 공간 없이 딱 달라붙었는데 지금은 박스 티셔츠를 입은 것처럼 흘러내린다.

"언니?"

언니가 버스에서 완전히 내려 내 앞에 서서야, 나는 언니가 정말 우리 언니임을 확신할 수 있었다.

"언니, 무슨 일 있었어?"

"놀랐어?"

나는 고개를 끄덕이며 "완전, 완전 예뻐!" 했다. 나도 모르게 박수를 쳤다. 언니는 말 그대로 변태했다. 절대 6개월 전과 같은 사람이라고 할 수 없다.

"진짜?"

나는 고개를 과격하게 흔들었다. 원래도 언니는 '살 조금만 빼면 미스 코리아 대회 나가도 될 텐데.' 할 정도로 눈, 코, 입이 뚜렷한 미인상이다. 언니와 나는 완전히 다르다. 나는 이목구비 작은 대신 조화롭다고 해야 하나? 어른들이 언니에게는 미스 코리아에, 나에게는 미스 춘향에 나가 보라고 하는 걸 보면 언니는 서양적으로, 나는 동양적으로 생긴 듯하다. 비슷한 건 둘 다 드라마를 보며 같은 부분에서 슬퍼하고, 같은 부분에서 웃고, 같은 부분에서 욕한다는 것뿐이다.

나는 아무리 먹어도 살이 찌지 않는다. 사람들은 이게 엄청난 축복이라고 하지만, 난 사람마다 원하는 게 다르다고 생각한다. 만약 축복을 선택할 수 있다면 나는 한번 보면 다 기억하는 기억력을 갖고 싶다. 언니는 나랑 똑같이 공부해도 늘 백 점이다. 한번 보면 다 기억하고 이해한다. 이해가 안 돼? 왜? 언니가 나에게 자주 하는 말이다.

그런 언니가 서울에 있는 대학에 간 건 당연한 일이었다. 오히려 서울대학교에 떨어졌다고 했을 때 깜짝 놀랐다. 세상에는 머리 좋은 사람이 얼마나 많은 것일까? 나는 두렵고 부러웠다. 나는 공부 쪽 말고 다른 쪽으로 가야지, 그런 결심도 했더랬다.

"다이어트했어?"

언니가 고개를 끄덕였다.

"예쁜데, 예쁘긴 한데……."

"근데?"

"언니 같지가 않아."

내가 배시시 웃자 언니도 따라 웃었다. 나에게 언니는 늘 뚱뚱하고 큰 사람이었다. 언니가 뚱뚱해서 이해심이 많은 건 아니겠지만, 가끔은 저렇게 몸통이 넓어서 이해심이 많은 게 아닐까 싶었다.

나는 언니의 넓은 마음과 넓은 몸통, 통통한 뱃살을 사랑했다. 그리고 물론, 지금 너무너무 예뻐진 언니도 사랑한다. 솔직히 좀 자랑스럽기도 하다. 안 그래도 애들이 공부 잘하는 언니를 둔 것을 부러워하는데, 이렇게 예뻐진 언니를 뒀다고 하면 얼마나 더 부러워할까. 나는 시기심에 눈을 흘기며 나를 바라볼 애들을 상상하자, 승리자가 된 듯했다.

"언니! 엄마 엄청 놀라겠다. 뒤로 나자빠지는 거 아니야?"

내 말에 언니가 다문 입으로 미소 지었다.

근데 살이 빠져서만이 아니라 뭔가 바뀐 듯한 느낌이었다. 분위기라고 해야 할까? 언니를 감싸고 있는 공기라고 해야 할까? 정확히 말할 수는 없지만, 어느 날 아침 일어나서 밖을 나가 보니 쌀쌀한 공기가 얼굴에 훅 끼쳐 와 팔뚝을 감싸면서, '아 이제 여름이 끝났구나.' 하고 느낄 때의 당혹스러움과 닮았다. 만약 뭐가 바뀌었냐고 단도직입적으로 묻는다면, '공기가 바뀌었다.'고밖에 할 말이 없지만.

"언니, 언니 좀 달라진 것 같아."

"다들 그러는데 뭘."

언니가 팔짱을 꼈다. 불과 6개월 전만 해도 언니가 나한테 팔짱을 끼면 묵직한 느낌이었는데 지금은 가볍다. 나는 신기한 마음 뒤로 괜히 서운한 마음이 들었다.

***

터미널에서 집까지 걸어오는 시간은 30분 남짓. 이 시간 동안 만난 사람들 중 아는 사람만 다섯 명이었고 그들 모두 눈이 휘둥그레져서 "어머, 진혜야!" 하고 말했다. 언니가 서울에 있는 명문대에 합격했을 때보다 더 놀라는 듯했다. 생각해 보니, 언니가 명문대에 간 건 너무 당연한 일이지만, 20년간 뚱뚱하게 살던 언니가 갑자기 날씬해진 건 당연한 일이 아니니 그럴 수 있을 것 같다.

사람들이 놀랄 때마다 언니의 얼굴이 살짝 붉어졌다. 그러고 보니 언니는 아는 사람이 저 멀리서 보이면 혹시 엇갈릴까 봐 종종걸음으로 달려가 굳이 인사를 했던 것 같기도 하다. 이전의 언니라면 마주치고 싶지 않아서 일부러 돌아갔을 것이다. 이게 아까 나 혼자 생각했던 '바뀐 공기'일지도 모르겠다.

"어머, 진혜야!"

집에 도착하자마자 엄마가 국자를 들고 소리를 질렀다.

6개월 만에 만난 딸이 반쪽이 되어 왔으니 놀랄 만도 하다. 작년에는 한두 달에 한 번 정도는 집에 왔는데, 올해 들어서는 학기 내내 한 번도 오지 않았다. 2학년 올라가니 토익 공부부터 학점 관리까지 시간이 많이 필요하다고 했지만, 아무리 그래도 한 달에 이틀 빼기가 어려울까 싶었는데, 학점 관리가 아니라 몸매 관리를 한 것이다.

"너 무슨 일 있었니?"

"반쪽이 됐네."

할머니까지 가세했다.

"아니 그냥."

"그냥이 어디 있어. 아니 도대체 얼마나 빠진 거야?"

"진혜 이러다 영양실조 걸리는 거 아니냐?"

엄마와 할머니는 예쁘다는 말보다는 건강 걱정이 더 앞서는 듯했다.

"그냥 다이어트했대요, 다이어트!"

내가 큰 소리로 말하자 그제야 엄마와 할머니는 정신이 돌아온 듯했다.

"다이어트?"

할머니가 쯧쯧 혀를 찼다.

"깡말라서 어디다 쓴다고."

"어머님, 아니죠! 진혜가 사실 얼굴, 머리 뭐 하나 빠지지 않는데 딱 하나, 살집 조금 있는 게 흠이었잖아요. 이제 진짜 어디 하나 빠지지가 않네요."

"돼지 등급 매기냐?"

할머니 말에 풋 웃음이 새어 나왔다. 언니까지 고개를 숙이고 크큭거리며 웃자 엄마 얼굴이 벌게졌다. 하여간 지 자식 자랑은. 할머니가 중얼거리듯 말했지만, 엄마 들으라는 소리였다. 엄마가 아무리 박쥐여도 할머니는 못 당한다. 할머니는 혀를 차면서 언니의 손을 이끌었다.

"밥 먹자."

어릴 때 하루걸러 하루 굶었다는 할머니는 밥 먹는 것에 대해 누구보다 집착했다. 한 끼도 대충 먹는 법이 없었다. 다행인 건, 며느리에게 그걸 바라지 않는다는 것이다. 아빠의 갑작스러운 사망 후에도 엄마가 할머니, 할아버지와 계속 같이 사는 이유에는 할머니의 이런 성품도 있을 것이다. 물론 가장 큰 이유는 나와 언니 때문이다.

엄마가 일을 나간 동안, 나와 언니를 돌봐 줄 사람이 필요했기 때문이다. 할머니는 얼른 연애해서 재가하라고 엄마 등을 떠미는데 그럴 때마다 엄마는 "이 집 제 명의예요. 어머님이 나가세요."라고 맞받아친다.

나는 솔직히 엄마가 연애를 한다는 상상을 하면 닭살이 돋는다. 엄마는 내 엄마이지 누군가의 애인일 수 없다. 물론 이런 생각을 누군가에게 털어놓지 않는다. 내가 싫은 것과 그걸 털어놓아 비웃음을 사는 건 다른 문제니까.

나는 깨어 있는 딸인 척, "그건 엄마 문제지." 하고 만다.

"할머니, 저 버스에서 우유 마신 게 얹혔는지 속이 안 좋아요."

할머니가 언니를 부엌으로 데려가자 언니가 미간을 찌푸리며 말했다. 그러고 보니 언니 얼굴이 창백한 듯 보이기도 했다.

"약 줘?"

엄마가 말하자 언니가 고개를 저었다.

"조금 잘게. 자면 나을 것 같아."

언니가 그렇게 말하고 방으로 들어갔다. 엄마와 할머니도 언니의 뒷모습을 바라보다 "혼자 타지 생활하기 얼마나 고단하겠어."라고 했다. 아마도 언니가 조금 바뀌었다는 걸 체감하는 듯했다.

서울의 공기가 언니를 이렇게 바꾸어 놓은 것일까? 거산군의 공기만 매일 마시는 나는 서울의 공기를 떠올리려고 애썼다. 그러나 한 번도 보지 못한 용을 상상하듯, 구체적 상상이 되지 않았다. 서울은 어떤 곳일까? 텔레비전에서 보던 모습과 똑같을까? 미디어에서 아무리 많이 봐도 직접 보지 못했기 때문에 마치 모르는 곳 같았다.

언니가 왔다는 말에 경로당에 계시던 할아버지도 일찍 들어오셨다. 7월 말, 돼지 살 오르듯 한창 더위가 오르고 있었다. 오후 다섯 시가 넘자 시멘트는 한 뜸 식었다지만, 아직 볼에 오른 뜨거운 열기는 식지 않았다. 할아버지가 막걸리를 마신 것처럼 불그스름한 볼을 한 채 집으로 왔다. 신발도 벗지 않은 채 진혜야, 하고 이름을 불렀다.

잠을 자던 언니가 방에서 나와 할아버지를 향해 씨익 웃었다. 좀 더 화목해 보이려면 언니가 할아버지에게 안겨야 하지만 사실 그건 닭살 돋는 일이다. 할아버지, 할머니와 포옹을 한 지 얼마나 오래됐는지 기억도 나지 않는다. 할아버지도 그건 기대하지도 않았다는 듯이 손을 내밀었다. 언니가 할아버지의 손에 자신의 손을 포개고 악수를 했다. 둘 사이에 잠시 온기가 왔다 갔다 했다.

가끔은 그런 생각도 든다.

가족은 같이 사는 것보다 가끔 보는 게 더 좋은 게 아닐까? 같이 살 때는 서로 학교에 갔는지 경로당에 갔는지 신경 쓰지도 않았는데…… 그래도 이런 유난스러움이 싫지는 않다.

"아니, 근데 우리 진혜 맞는겨?"

할아버지가 물었다. 언니가 쑥스러운 듯이 고개를 끄덕였다. 살이 빠지면서, 누군가 부끄러움을 주입했는지 언니가 자꾸 부끄러워한다. 할아버지는 뭔가를 더 말하려다 그냥 고개를 끄덕이고는 방으로 들어갔다.

부엌 식탁에는 진수성찬이 차려져 있었다. 갈비, 잡채, 미역국에 오이냉국, 오리 무쌈, 언니가 좋아하는 동태전까지. 할머니 칠순 때보다도 더 거하게 차려진 듯했다.

"이게 다 뭐야?"

내가 눈이 동그래져서 동태전을 하나 집어 먹었다. 고소함이 입안 가득 퍼졌다.

"엄마는 평소에도 이렇게 좀 해 주지. 나만 있을 땐 한 번도 안 해 주더니."

"넌 맨날 집밥 먹잖아. 언니는 몇 개월 만에 집밥 먹는 건데, 그게 그렇게 배 아파?"

"그게 아니라 차별받는 느낌이 드니까 그렇지."

말은 그렇게 했지만 오랜만에 온 언니로 인해 조용했던 집에 활기가 넘쳐 좋았다. 언니는 먹기도 전에 스마트폰으로 사진을 찍었다. 공들여 찍는 폼이 딱 봐도 에스엔에스(SNS)용 사진이다. 언니 에스엔에스에 들어가 보면 온통 먹는 사진들뿐이다. 난 그래서 언니가 서울에서도 잘 먹고 있는 줄 알았는데…….

"아직 속이 안 좋은데…….."

언니가 말했다.

"그래서 안 먹을 거야?"

엄마의 말에 얼른 자리를 차지하고 앉았다. 할머니, 할아버지까지 자리에 앉자 다들 숟가락을 들고 밥 먹을 준비를 했다. 나는 언니의 밥 위에 동태전을 하나 올려 줬다.

"내가 먹을게."

언니가 조심스럽게 말했다.

"아직 체기가 다 안 내려간 게냐?"

할머니가 걱정스럽게 물었다. 언니가 고개를 끄덕이면서 "그런 것 같아요."라고 했다. 그 말을 할 때 언니의 얼굴이 해골처럼 핏기가 없어 보였다. 객관적으로는 아직 내가 더 말랐지만 체감상으로는 언니가 더 말라 보인다. 아마도 언니 뒤에 숨어 있는 뚱뚱한 언니가 내 눈에 보이기 때문이겠지.

"그래도 에미가 열심히 차렸는데……."

할머니가 안됐다는 눈빛으로 엄마와 언니를 봤다. 엄마는 "그거야 뭐 내일 먹어도 되는데……. 병원 안 가 봐도 되겠어?"라고 물었다. 언니가 고개를 끄덕인 후에 미역국 국물만 조금 떠먹었다. 미역국을 먹는 언니 모습이 마치 사약을 먹는 사람처럼 힘들어 보였다.

"원래 체기는 하루 굶어야 돼. 억지로 먹으면 더 안 내려가."

할아버지 말에 언니는 후련한 듯 숟가락을 내려놓고는 식탁에서 일어섰다.

"내일 먹을게요."

언니가 그렇게 말하고 부엌을 나갔다. 집 안의 팽팽했던 공기가 풍선 바람 빠지듯 빠졌다. 주인공이 없는 생일잔치처럼, 맹맹한 식사 시간이 지나갔다.

미녀는 괴로워

밥을 먹고 방에 들어갔다. 언니는 침대에 배를 깔고 누워 스마트폰을 하고 있었다. 내가 들어가자 스마트폰을 끄고 몸을 뒤집었다.

"왜 진작 살을 안 뺐을까?"

"공부하느라고 그랬지. 근데 갑자기 왜?"

언니가 고개를 끄덕이더니 "살 빼니까 완전히 다른 세상이야."라고 했다.

"그래?"

"넌 원래 말라서 모르겠지. 넌 뚱뚱해 본 적 없잖아."

언니의 말에 괜히 서운해서 "언니도 공부 못하는 내 맘 모르잖아!"라고 했다. 언니가 피식 웃더니 "그런 뜻이 아니라."라고 말하며 나를 달랬다.

"그럼 언닌 이제 다 가졌네. 머리, 외모. 아, 돈이 없네."

내가 말하자 언니가 진지한 표정으로 "아직 멀었어."라고 했다.

"뭐가?"

"날씬해지려면."

전교 1등 한 애가 만점 받지 못했다고 징징거리는 것처럼 느껴졌다.

"언니 지금도 엄청 날씬해. 한 20킬로그램 빠지지 않았어?"

"정확히 오늘 아침에 쟀을 때 50.6이었어. 25킬로그램 정도 빠진 거지."

"언니 키 165 넘잖아."

"165.5."

"165.5에 50.6이면 엄청 마른 거야. 더 안 빼도 돼."

언니가 고개를 저었다.

"내 목표는 45야."

"미쳤어?"

내가 벌떡 일어섰다.

"언니 그럼 엄청 마른 거야. 모델 할 것도 아닌데 그러다 죽어."

언니가 고개를 저으면서 "그게 딱 예뻐."라고 단호하게 말했다. 언니는 원래 한번 마음먹으면 독하게 하는 성격이긴 하다. 근데 그게 다이어트에까지 적용될 줄은 몰랐다.

"넌 더 말랐잖아."

"난 많이 먹어도 안 찌는 거고."

"그거랑 뭐가 달라?"

"45킬로그램까지 빼려면 새 모이만큼 먹어야 하는 거 아니야?"

언니가 고개를 끄덕였다.

"사람이 그거 먹고 살 수 있을까?"

"지금 잘 살아 있잖아!"

언니가 자신을 가리키며 말했다. 지난 6개월간 저렇게 살았다는 말인가. 아까 체했다는 말도 그럼 다 거짓말이었을까. 언니가 살을 빼고 예뻐진 건 좋지만, 뭔가 불안한 마음이 싹텄다. 마치 하루를 시작하기 직전 컵을 떨어뜨려 깼을 때 느끼는 불길함과도 같았다.

"언니, 배 안 고파?"

언니가 고개를 끄덕였다.

"전혀."

"전혀?"

언니가 이번에도 고개를 끄덕였다.

"처음엔 미친 듯이 고팠는데 잘 안 먹으니까 이젠 먹는 게 더 힘들어."

"처음부터 이랬어?"

언니가 고개를 저었다.

"처음엔 닭가슴살이랑 견과류, 과일 같은 거 챙겨 먹으면서 운동했어. 근데 운동은 별로 효과가 없더라고. 다이어트한 지는 6개월 정도지만 본격적으로 살이 막 빠진 건 운동 끊고 음식 조절하기 시작한 지지난달부터야."

"진짜야?"

내가 꼬치꼬치 묻고 있는데, 엄마가 방문을 열고 들어오며 말했다.

"둘만 이야기하지 말고, 나와서 할머니, 할아버지한테 대학 생활 이야기도 좀 해드리고 그래. 거실에서 아까부터 기다리신다."

엄마 말대로 거실로 나가니 할아버지, 할머니가 소파에 앉아 계셨다. 탁자에는 자두와 수박이 놓여 있었다. 뒤이어 언니가 머리를 묶으며 나왔다.

"진혜가 제일 좋아하는 과일이라고 할아버지가 사 오셨어."

할머니가 말했다.

언니는 떨떠름한 표정으로 소파에 앉았다. 할아버지가 자두 하나를 언니에게 내밀었다. 언니는 "고맙습니다." 하며 자두를 받았다. 고작 자두 하나인데도 언니의 눈빛은 갈 길을 잃고 허공을 헤맸다.

자리에 앉으려고 하는 순간, 언니의 머리가 눈에 들어왔다. 언니는 방금 묶은 머리를 다시 풀어서 정리하고 있었다. 무심코 고개를 돌리려다 뭔가 이상하다는 생각에 다시 봤을 때, 정말로 없었다.

머리카락이.

정수리 한가운데에 백 원짜리 동전만큼 머리카락이 없었다. 언니가 계속 올림머리를 하고 있어서 몰랐는데 잠깐 머리를 풀고 다시 묶는 순간 내 눈에 보인 거다. 서울에서 무슨 일이 있었던 게 아닐까?

언니에게서 풍겨 오던 색다른 공기는 타지에서 가지고 온 공기 때문만은 아닌 듯했다. 자두를 아그작 씹으며 언니를 보니 눈을 찡그린 채 아까 깨물었던 자두를 계속 씹고 있었다. 할아버지는 화장실을 가기 위해, 할머니는 물을 마시기 위해 일어서자 언니는 자두를 몰래 쓰레기통에 버렸다. 그 동작을 무심코 바라보다 언니와 눈이 마주쳤다. 언니는 어색한 미소를 지었다. 언니가 예뻐져서 좋긴 한데, 그게 정말 좋기만 한 것인지. 내 마음속에 의문이 몽글몽글 피어났다.

아침에 눈을 뜨자마자 침대에 누운 언니를 바라봤다. 언니는 이미 깨서 스마트폰을 하고 있었다.

"언니, 새로 생긴 카페 안 갈래?"

"야, 중3이 무슨 카페야."

"이 꼰대야!"

언니가 피식 웃더니 몸을 일으켰다.

내가 씻고 아침 식사를 하는 동안 언니는 일찍 일어나서 챙겨 먹었다고 둘러대며 아침을 먹지 않았다. 나는 언니가 먹지 않았다는 걸 알았지만 내색하지 않았다. 다만 어제 종일 굶고 아침까지 굶은 언니가 걱정될 뿐이었다.

아침을 먹고 시내로 나왔다. 시내라고 해 봤자 도시의 동네보다 번화하지 못했다. 롯데리아를 중심으로 괜찮은 상점이(시장이 아니다! 경기도에 사는 사촌 동생이 명절에 내려와서 필기구는 어디서 사? 시장에서 사? 하고 물어서 짜증 났다. 나도 상점에서 필기구 사고, 롯데리아에서 햄버거 먹는다.) 모여 있는 곳이다. 도시로 나가면 롯데리아 같은 프랜차이즈가 흔하지만 거산군에서는 아니다. 인구가 적으니 어쩔 수 없다는 걸 안다.

"언니, 여기야."

카페는 오전 10시 오픈이었다. '동의보감'이라는 전통 한방 카페가 사라진 자리에 생긴 곳이다. 카페 이름은 '굿모닝 브런치'. 나는 언니와 팔짱을 끼고 카페 안으로 들어갔다. 메뉴판을 보니 소시지와 프렌치토스트, 에그 베네딕트, 돈가스 등이 있었다. 에그 베네딕트는 처음 보는 메뉴였다.

"난 에그 베네딕트에 레모네이드. 언니는?"

"너 시키면 한 입만 먹을게."

"한 입만 전략이야?"

언니는 지금처럼 살을 빼기 전에도 누군가 뭘 먹고 있으면 무조건 한 입만 달라고 했었다. 물론 그때는 본인 것도 먹고, 남의 것도 한 입만 달라고 했던 거라 지금과 조금 다르다.

"절대 안 줄 거니까 언니도 그냥 시켜. 나 돈 많아. 할아버지가 줬거든."

"진짜 생각 없어."

"언니 어제도 종일 아무것도 안 먹었잖아."

"배 안 고파."

나는 나지막이 한숨을 내쉬고 음식을 주문했다. 언니는 음료로 0칼로리인 아메리카노만 주문했다. 내가 에그 베네딕트를 먹는 동안에도 언니는 아메리카노만 홀짝홀짝 마셨다. 반쯤 익은 달걀노른자가 입안에 흘러 들어오자 나도 모르게 아, 하고 탄식이 나왔다.

"설마설마했는데, 너 진혜 맞지?"

고개를 들고 보니 민영 언니였다. 언니의 초·중·고등학교 친구이다. 거산군에서는 전학 가지 않는 한 초등학교 친구가 고등학교 친구가 된다.

"야, 반가워."

민영 언니가 우리 언니의 어깨를 툭 치며 말했다.

"인혜는 한눈에 보고 알았는데 진혜 너는 설마설마했다. 왜 이렇게 살이 빠졌어?"

"그냥 뭐."

"방학이라 내려온 거야?"

언니가 고개를 끄덕였다.

"너 진짜 예뻐졌다. 애들 보면 다 난리 나겠다."

언니의 볼이 발그레해졌다.

"다 같이 한번 볼까?"

"그래, 그러자."

"그럼 내가 연락 돌릴게. 번호 안 바꿨지?"

"똑같아."

민영 언니가 손 인사를 하고 가려다가 다시 한 번 와! 하고 감탄을 하더니 "너 연예인 같아."라고 했다. 그 정도는 아닌데, 싶었지만 언니의 과거 모습을 떠올리면 텔레비전 성형 프로그램에 나오는 비포, 애프터처럼 드라마틱하게 변한 건 맞아서 고개를 끄덕였다. 민영 언니가 가자마자 언니가 물었다.

"야, 나 진짜 예뻐?"

"알면서 왜 물어?"

언니가 피식 웃으면서 "또 듣고 싶어서."라고 했다. 언니는 그러면서 끊임없이 스마트폰의 카메라 어플을 이용해 자신의 얼굴을 들여다봤다. 언니가 웃으니 나도 좋았지만 뭔가 붕 떠 있는 느낌이었다. 땅에 발을 딛고 있는 게 아니라 한 1미터 정도 떠 있는 느낌? 그러다 갑자기 마법이 사라져 발에 땅이 닿게 되면 다치지 않을까? 줄타기를 하는 것처럼 아슬아슬했다.

언니와 카페에 있는 동안 몇 차례 "너 진혜 맞지? 몰라볼 뻔했어." 라는 소리를 들었고 그때마다 언니는 다이어트한다는 말은 쏙 빼고 저절로 빠졌다는 거짓말을 했다. 카페를 나오니 점심시간이 다 되어 갔고, 언니는 내가 아는 한 그때까지 아메리카노를 제외한 그 무엇도 먹지 않았다.

나는 언니가 낮잠을 자는 동안, 인터넷에서 다이어트를 검색해 보았다. 솔직히 태어났을 때부터 한 번도 뚱뚱해 본 적이 없어서 다이어트에 대해 심각하게 생각해 본 적이 없었다. 다이어트하는 사람의 마음도 겉으로는 이해하는 척해도 진심으로는 이해하지 못한다. 초등학생 때부터 늘 1등 하던 언니가 공부 못하는 내 마음을 이해하지 못하는 것과 같을 것이다.

다이어트를 치자 너무 많은 정보가 쏟아져 나왔다.

나는 다시 '굶기'라고 치고 한 칸을 띄운 후 '머리카락 빠짐'이라고 쳤다. 나는 언니의 머리에 생긴 백 원짜리 동전만 한 크기의 빈 공간이, 언니의 다이어트 때문인 것만 같았다. 살이 떨어져 나가면서 머리카락도 같이 데려간 것만 같은 느낌.

인터넷에는 다이어트와 탈모의 상관관계에 대해 자세하게 나와 있었다. 그러다 내 눈에 띈 것은 '영양실조'였다. 계속 굶다 보면 영양실조에 걸릴 수도 있다는 것이었다. 설마 지금 시대에도 영양실조에 걸리는 사람이 있을까, 싶었지만 인터넷에는 그런 사람이 많다고 나와 있었다.

먹을 게 없어서 영양실조에 걸리는 것과 먹을 게 많은데도 마르고 싶어서 안 먹다가 영양실조에 걸리는 것 중에 뭐가 더 비참할까. 나는 언니가 잘못되어 간다는 확신을 했다.

저녁 외식을 하기 전, 나는 엄마에게 언니의 상태에 대해 살짝 귀띔을 했다.

"엄마, 언니 이틀 동안 아무것도 안 먹은 것 같아."

"체했었잖아."

엄마는 이렇게 말하더니 "아무것도?"라고 다시 되물었다. 나는 고개를 끄덕였다. 엄마는 골똘히 생각하더니 "다이어트 때문에?"라고 되물었다. 고개를 끄덕였다. 엄마의 표정이 비장했다.

***

언니가 깨자 우리 가족은 다 같이 단골 식당으로 갔다. 닭볶음탕과 올갱이 국을 파는 식당이었다. 언니 얼굴은 이틀 새에 더 까끌해 보였다.

"어머, 진혜야!"

역시나! 아줌마도 언니를 보자마자 "어머!"라고부터 말했다. 언니의 얼굴에 순간 화색이 돌았다.

"명문대 갈 게 아니라 너 미스 코리아 나가야 하는 거 아니니?"

아줌마가 그렇게 말하자 언니가 "미스 코리아 되려면 더 말라야 해요."라고 농담인지 진담인지 모를 말을 했다. 아줌마가 "지금도 깡 말랐는데 뭘." 했다. 언니가 고개를 단호하게 저으며 "아직 뚱뚱해요."라고 했다.

아무리 몸매에 대해 엄격한 사람이라도 언니보고 뚱뚱하다고 하진 못할 것이다. 할머니, 할아버지는 언니와 아줌마의 대화를 주의 깊게 듣는 것 같지 않았다. 오로지 엄마와 나만이 심각한 표정으로 언니를 바라봤다. 닭볶음탕이 나오자 할아버지가 언니의 앞 접시에 닭 다리를 올려 줬다.

"서울서 고생했으니까, 이건 우리 진혜 그리고 이거 하나는 우리 인혜!"

"할아버지 드세요."

언니가 닭 다리를 다시 들자 할아버지가 고개를 저으며 단호하게 거절했다. 언니는 하는 수 없이 닭 다리를 내려놓았다. 할아버지가 올갱이 국을 한 숟가락 떠먹는 것을 시작으로 식사가 시작되었다. 나는 내 앞에 놓인 닭 다리를 먹으면서 곁눈으로 언니를 힐끗 살폈다. 언니는 닭 다리를 입 가까이 대고 있었지만, 먹지는 않았다. 할아버지가 쳐다보자 그제야 한 입 뜯어 먹고는 입안에서 우물우물거렸다.

내가 닭 다리를 하나 다 먹을 때까지 언니는 아까 씹던 고기를 아직 삼키지 않았다.

"언니!"

내가 일부러 언니를 크게 불렀다. 언니가 놀란 듯 나를 바라보더니 꿀꺽 삼켰다. 나와 엄마가 언니에게서 시선을 떼지 않자 언니는 닭 다리 하나를 다 삼켰다. 그러더니 갑자기 봇물 터지듯 닭을 집어 먹기 시작했다. 제대로 씹지도 않은 채 꿀떡 삼키고, 밥을 크게 떠먹고 올갱이 국을 들고 마시고, 다시 닭을 뜯기 시작했다. 발동이 걸린 듯했다. 그래도 아예 안 먹는 것보다는 나았다.

엄마도 마음을 놓았는지 나를 향해 고개를 끄덕였다.

나도 마음 편히 닭볶음탕을 먹기 시작했다. 좀 매웠지만, 정말 맛있었다. 아마 언니가 맛있게 먹어서 더 그렇게 느껴진 것 같기도 하다. 언니는 세상에 음식과 단둘밖에 없는 듯 맹렬히 먹었다. 할아버지가 흐뭇하게 언니를 바라봤다.

닭볶음탕이 좀 매워서 배가 아픈 참이었다. 집으로 돌아오자마자 화장실로 가려는데, 언니가 먼저 들어갔다. 언니도 매웠던 모양이다. 화장실 앞에서 발을 동동 구르는데 언니는 나올 생각이 없는 듯했다. 내가 문을 두드리며 "언니, 나 급해!"라고 하자 언니가 숨을 거칠게 내뱉으며 "알았어."라고 했다.

더 이상 기다리다가는 정말로 똥을 쌀 것 같아서 문을 확 잡았다. 당연히 잠겨 있을 거라고 생각했는데 문이 열렸다. 똥매너인 건 알았지만, 열여섯 살이나 돼서 팬티에 똥을 싸는 것보다는 나았다.

"언니!"라고 부르며 들어가는데, 똥이 멎었다.

"언니……."

언니는 화장실 변기에 앉아 있는 대신, 얼굴을 처박고 있었다.

"언니?"

내가 다가가자 언니가 고개를 들었다. 언니의 얼굴이 새빨갰다. 언니의 손가락이 제일 먼저 눈에 들어왔다. 언니는 오른손 검지를 자신의 입속에 넣고 있었다. 처음엔 그게 의미하는 게 뭔지 몰랐지만, 변기통 안에 쌓인 불그스름한 액체와 군데군데 보이는 닭고기 살이 그것에 대해 말해 주고 있었다.

언니는 토하고 있었다.

그것도 일부러!

"언니!"

"엄마한테 말하지 마."

"언니!"

"나 그럼 그냥 서울 올라갈 거야."

"언니!"

"45킬로그램만 되면 그만둘 거야. 45킬로그램 될 때까지만 봐줘. 나 진짜 뚱뚱해지고 싶지 않아!"

"언니!"

"치사하게 말할 거야?"

언니가 몸을 벌떡 일으켰다. 순간적으로 비틀거리며 자신의 이마에 손을 가져다 댔다. 그러고는 휴, 한숨을 쉬더니 고개를 이리저리 흔들었다. 언니가 힘겹게 화장실 밖으로 나갔다. 나도 언니를 따라 화장실을 나가려다, 화장실에서 일을 봤다. 무척 당혹스러웠는데도 똥은 잘 나왔다. 하아, 인생이란. 똥을 다 싸고 방에 들어가자마자 나는 언니에게 가서 거울을 들이밀었다.

"왜?"

"눈이 있으면 봐 봐."

"뭘?"

"언니 눈 엄청 퀭해! 입술은 다 터지고. 피부가 이게 뭐야? 이거 다 영양이 부족해서 그런 거잖아!"

"나 고3 때 하루 네 시간만 자고 공부하던 거 기억하지?"

"갑자기 그건 왜?"

"그때도 이랬어. 근데 대학교 합격하니까 싹 낫더라."

"그래서 45킬로그램 되면 영양이 갑자기 공급된다고? 피부가, 입술이, 눈이 원래대로 된다고?"

"돼지처럼 사느니 영양 부족이 나아."

"언니 지금도 말랐어."

"너보다 뚱뚱하잖아."

"나보다 뚱뚱해도 말랐어. 이틀 새에 더 마른 것 같아."

"놀라지 마! 나 지금 49킬로그램이야!"

언니가 갑자기 기대에 찬 표정으로 말했다. 내 눈에 언니는 바보처럼 보였다. 살이 빠지면서 머리카락도 데려가고, 언니의 아이큐도 데려간 모양이었다. 언니가 체중계에 올라갔다.

48.9와 49.1을 왔다 갔다 하다가 49.1에서 멈췄다. 언니 말대로 49 킬로그램이 맞았다.

"구름 위를 떠다니는 것 같아. 왜 진작 빼지 않았을까 후회돼."

"여기는 땅이야. 구름이 아니라. 아파서 약 먹으면 구름 위에 떠다니는 느낌이잖아. 그런 거 아니야?"

언니가 아무 말도 하지 않았다.

"이제 그만해. 지금도 충분히 말랐어. 응?"

"45킬로그램 될 때까진 절대 안 돼!"

"지금처럼 안 먹고 토하겠다고?"

언니가 고개를 끄덕였다. 45킬로그램이 되기 전에 병원부터 실려 갈 것 같다. 나는 언니의 손을 잡아끌고 현관으로 가 현관에 있는 전신 거울 앞에 똑바로 서게 했다. 거울에는 마른 언니와 더 마른 내가 서 있었다. 둘 사이에 차이가 있다면, 언니는 눈이 퀭하고 정수리가 휑하니 비어 있다는 것이다.

"언니, 봐 봐."

언니가 자신을 유심히 들여다봤다.

"말랐지?"

내가 확신에 찬 표정으로 언니를 바라봤다. 언니가 나를 보더니 고개를 저었다.

"돼지 같아."

언니가 자신의 허벅지 뒤쪽을 손으로 가리더니 "여기가 아예 없었으면 좋겠어."라고 했다.

"그게 사람이야? 바비인형이지."

"오! 바비인형! 그렇게 되면 좋겠다."

언니가 한참 동안 자신의 허벅지를 바라봤다. 언니가 지금 한 말이 진심이란 걸 알기에 무서웠다.

밤이 깊었고 우리는 잠자리에 들었다. 언니의 배 속에서는 한동안 꼬르륵 소리가 들리더니, 어느새 잠이 든 것 같았다. 나는 도저히 잠을 잘 수 없었다. 목구멍에 손가락을 깊숙이 넣고서 토악질을 하던 언니 모습이 떠올라서.

– 숙제 잘하고 있어?

그때 지영이에게 카톡이 왔다.

– 무슨 숙제?

– 그거 있잖아, 자아.

– 아!

그제야 방학 숙제가 떠올랐다.

– 나 작가님한테 궁금한 게 있어서 메일 보냈는데 답장 왔어.

– 진짜?

– 응, 근데 엄청 길게 왔어. 숙제 자기가 낸 거 아니라고 엄청 억울해하더라.

– 뭔 상관이야.

– 그러니까. 참, 진혜 언니 완전 모델처럼 살 빠졌다며?

– 이놈의 촌구석, 빨리 뜨던지 해야지. 너한테까지 소문났냐?

– 엄마가 진혜 언니 반쪽이 됐다고, 나도 빼라고 난리야.

– 야, 말도 마. 언니 진짜…… 암튼 큰일이야.

– 진혜 언니는 지성, 미모 다 가졌네.

– 재력은?

– 양심이나 있어라. 솔직히 너네 집 재력은 아니잖아.

– 너 모르는구나. 우리 할아버지 매주 로또 사.

– ㅋㅋㅋ

크크킄을 끝으로 지영이에게서 카톡이 없었다. 아무리 친하다고 하지만 언니가 목구멍에 손가락을 넣고 억지로 토하는 얘기까지 할 수는 없었다. 이론 같은 건 모르지만, 언니의 모습을 보는 순간 내 몸이 경직된 걸 보면, 그게 얼마나 나쁜 건지 내 몸이 아는 듯했다. 영양이 가득한 음식을 몸속에 집어넣은 후, 그게 혹시 흡수될까 봐 걱정돼 억지로 빼내며, 거울을 보면서 '아, 나는 돼지야!' 하는 삶. 혹은 배가 고프다 못해 아플 지경인데, '어머, 너 미스 코리아 같아.' 하는 칭찬을 들으며 기뻐하는 삶. 어쩐지 불균형한 듯했다. 언니 말대로 태어날 때부터 마른 나는 이해할 수 없는 감정들일까? 그렇다면 나는 이걸 누구한테 물어봐야 할까.

나는 언니가 자는 걸 다시 확인하고, 컴퓨터 앞에 앉았다. 그날 강연이 끝나고 이태리 작가님은 혹시 궁금한 게 있으면 연락 달라고 메일 주소를 알려 줬었다. 그때는 '설마 보낼 일이 있겠어.' 하고 흘려 넘겼는데 이렇게 보내게 될 줄은 몰랐다. 메일 주소가 너무 유치해서 잊어버리지도 않는다. 포에버문희준. 그 시절에는 H.O.T. 멤버인 문희준이 지금 워너원의 강다니엘처럼 인기가 많았다는데 마치 고조선 유물 얘기처럼 오래된 얘기로 느껴진다. 유치하게 포에버라니. 세상엔 영원한 것 따위는 없다.

작가 이름도 잊어버리지 않는 이유가 있다. 담임 쌤이 작가 이름을 말하자마자 누군가 큰 소리로 말했기 때문이다.

이태리? 타올이냐?

애들이 크크큭 웃자 담임 쌤이 이름 가지고 장난치지 말라면서, 타올은 역시 이태리 타올이 최고라고 덧붙였었다.

이태리 작가님께

작가님 안녕하세요? 저는 거산중학교 3학년 정인혜입니다. 지난번 강연 잘 들었습니다. 밤늦게 연락을 드려서 죄송해요. 어차피 메일은 제가 언제 보내든지 상관없이 편하신 시간에 확인하실 것 같아 밤중에 보냅니다.

자신의 자아를 표현할 수 있는 사물을 찾아오라는 숙제를 처음 받았을 때는 솔직히 좀 당혹스럽고 귀찮기도 했지만, 우리를 위해서 내 준 숙제라고 생각하자 오히려 고마운 마음이 들었습니다. 작가님은 소설책에서 자아는 바닷물과 같다고 하셨죠. 바닷물의 색은 날씨에 따라, 시간에 따라 변하지만, 바닷물이라는 본질은 변하지 않는다고 하셨어요. 솔직히 말해서 저는 그게 잘 이해가 안 가요. 자아라는 게 계속 변하는데, 본질은 변하지 않는다는 게 좀 말장난처럼 느껴지기도 하고, 또 어렵게 느껴져서요. 아마도 제가 머리가 나빠서 아직 이해하지 못하는 거겠죠? 참고로 저는 제가 공부를 못하는 것에 큰 불만은 없어요. 대학 진학 대신 바로 취업할 거라서 공부가 그렇게 중요하지도 않고요. 어쨌든 숙제는 꼭 해 갈 거예요.

사실 이렇게 메일을 드리는 이유는 숙제 때문이 아니라 언니 때문이에요. 언니에게 문제가 생겼는데 이걸 누구한테 털어놓아야 할지 모르겠어서요. 작가님이라면 알고 계시지 않을까 하고요. 그리고 그때 고민이 있으면 언제든 연락 달라고 하셨잖아요. 맞죠?

저희 언니가 다이어트를 해요. 물론, 이게 고민은 아니에요. 다이어트하는 건 좋은데, 예뻐진 건 좋은데……. 뭐랄까 좀 과해요. 밥을 아예 안 먹고, 혹시라도 먹게 되면 엄청 게걸스럽게 먹어요. 그리고 먹고 나서는 목구멍에 손가락을 넣고 토하기까지 하고요. 저는 이게 얼마나 문제인지는 모르지만, 아주 무섭게 느껴져요. 뭔가 잘못되어 간다는 느낌, 말로 자세하게 설명할 순 없지만, 언니가 언니 자신을 아프게 한다는 생각이 자꾸 들어서요. 언니가 언니를 때리고 있는데, 제가 그걸 보면서도 가만히 놔두는 것 같아서 자꾸 죄책감도 들어요.

사실 처음에는 질투인가 했어요.

우리 언니는 서울에 있는 명문대에 다녀요. 초등학교 때부터 전교 1등을 놓친 적이 없어요. 이목구비도 얼마나 예쁜데요. 키도 크고요. 정말 저랑은 비교도 안 되죠. 제가 그나마 딱 하나 나은 게 있다면 말랐다는 건데, 사실 전 너무 깡말라서 볼품없어요. 엄마 말로는 저처럼 마른 것보다는 풍만한 게 좋은 거라고 하더라고요. "풍만?" 하고 제가 되물으니 "아니, 건강한 게 좋은 거라고." 하고 얼버무렸지만 저는 그게 무슨 뜻인지 정확히 알고 있어요.

어쨌든 처음에는 완벽한 언니가 더 완벽해져서 제가 질투하는 건가 했는데 이건 질투가 아니에요. 그리고 전 언니가 너무 자랑스러워요. 어디 가서 "네가 진혜 동생이라며?"라는 이야기를 들으면 가슴이 자꾸 부풀어 오르는 것 같아요. 너무 자랑스러워서요. 전 제 자신이 아니라 언니가 되고 싶을 정도로 언니가 부러운데 언니는 왜 자꾸 세상에서 사라지려고 하는 걸까요?

언니는 살을 빼는 걸 넘어 세상에서 아예 사라지길 원하는 것 같아요. 저렇게 마르다가는 정말 소멸할 것 같아요. 작가님, 한번 상상해 보세요. 우리 몸만 한 공이 있어요. 그 공이 점점 작아지다가 축구공만 하게 변해요. 그러다 테니스공으로, 탁구공으로…… 그러다 먼지처럼 사라지는 거예요.

언니가 그렇게 될 확률은 없을까요?

그렇게 되지 않게 하기 위해서는 제가 뭘 해야 하죠?

망상이라고 생각하실까 봐 걱정되지만, 그래도 용기 내서 메일을 드려요. 제 문제라면 이렇게 부끄러움을 무릅쓰고 메일을 드리지 않았을 거예요. 언니 문제이기 때문에 이렇게 메일 드려요. 꼭 답변 주셨으면 좋겠지만 만약 바쁘시다면 안 주셔도 괜찮아요. 아니 아니. 바쁘시다면 바쁘다는 답변이라도 주셨으면 좋겠어요. 그래야 괜히 기다리지 않으니까요.

그럼, 감사합니다.

P.S. 숙제는 꼭 해 가겠습니다.

정인혜 드림

전송 버튼을 누르고 나자, 혹시 메일 주소는 이미지 관리상 알려
준 건데 괜히 눈치 없이 메일을 보낸 게 아닐까 하는 걱정이 들었다.
게다가 작가님 메일은 내 메일과 호스팅이 달라 취소를 할 수도 없
었다.

나는 컴퓨터를 끄고 언니 옆에 누웠다.

언니는 종잇장처럼 얇아진 것 같았다. 객관적으로 키 165.5에 49킬
로면 종잇장처럼 얇은 건 아니지만, 내 마음이 그랬다. 나는 몸을 구
부려 언니 안쪽을 파고들었다. 언니가 몹시 피곤한 표정으로 입술을
깨물었다.

나는 언니 옆에서 이전처럼 편하게 잠들 수 없었다.

이상한 언니, 더 이상한 작가

인혜 학생에게

안녕하세요? 이태리 작가입니다.

잠이 들었는데 메일이 왔다는 알람이 와서 깨 버렸어요. 저는 직업상 중요한 업무 내용을 메일로 주고받을 때가 많아서 늘 알람을 켜 둔답니다.^^ 오랜만에 숙면에 들었는데…….

혁 뭐야.

아침에 일어나 연예 기사를 보기 위해 포털 사이트에 들어갔다가, 메일함에 '1'이라는 표시가 되어 있어서 클릭했더니 진짜 이태리 작가님한테 메일이 와 있었다. 반신반의하며 보냈는데 정말 답장이 올 줄이야! 게다가 이렇게 나의 잘못을 꼬집을 줄은 몰랐다. 마치 실제로 작가가 와서 내 팔뚝을 꼬집은 느낌이었다.

우선 답장을 드리기 전에 한 가지 확실하게 해 둘 게 있어요. 이 숙제, 그러니까 자신의 자아를 표현할 수 있는 사물을 찾아오라는 숙제는 제가 낸 게 아니라 국어 선생님께서 내 준 거라는 사실이에요. 저도 강의 도중 국어 선생님이 불쑥, "우리 모두 방학 동안 자신의 자아를 표현할 수 있는 사물을 찾아와 볼까?"라고 말했을 때 무척 황당했고, 또 동시에 짜증이 머리 끝까지 난 학생들의 표정을 봐 버렸습니다. 나를 향해, 마치 세상에서 제일 나쁜 사람을 보듯 원망 가득한 눈빛을 발사했죠. 이해는 하지만, 또 제 강의 내용에서 파생된 숙제라는 건 인정하지만, 숙제를 낸 주체는 제가 아니죠. 이게 팩트입니다.

전 강연 가서 눈치 없이 숙제를 내 주는 사람은 아니랍니다. 혹시 잘못 알고 저를 욕하는 친구가 있다면 꼭 이 사실을 알려 주시길 바랄게요.

어, 뭐야. 메일을 읽는 내내 '뭐야 뭐야.'라는 소리만 자꾸 나왔다. 나한테는 더 이상 숙제를 누가 내 줬느냐는 중요한 문제가 아닌데 작가는 계속 그 소리만 했다. 숙제를 작가가 내 줬든 선생님이 내 줬든 해 가야 한다는 사실에는 변함이 없는데 말이다.

우선 메일을 읽고 걱정되는 마음에 빠르게 메일 드려요. 음식을 먹고 '일부러' 토한다는 것은 정상적인 상태가 아니에요. 그날 보셔서 알겠지만, 저는 다이어트를 해 본 적이 없어요. 아니, 정정할게요. 다이어트는 해 본 적이 있지만 성공은 못 했죠. 치킨을 어떻게 끊죠? 그게 가능한 일입니까? 어쨌든 다이어트를 하는 건 자유지만, 음식을 먹고 토하는 건 자유가 아니라 자신의 몸에 자해를 하는 것과 같아요.

언니가 연애를 하든, 잠을 안 자든, 야한 소설을 읽든, 성형 수술을 하든 그건 모두 언니의 자유예요. 학생이 상관할 일은 아니죠. 그러나 검지를 입에 넣고 이미 먹은 음식물을 게워 내는 건 전혀 다른 문제예요. 부모님이 계신다면 부모님께 말씀드리고 병원에 데리고 갈 권할게요. 혹시 부모님이 안 계신다면 주위의 가장 가까운 어른께, 아니면 국어 선생님께라도 말씀드리세요. 언니는 눈에 보이지는 않지만, 지금 피를 흘리고 있어요. 눈에 보이지 않는 상처이기 때문에 어쩌면 진짜 칼에 긁혀 피를 흘리는 것보다 더 심각할 수 있어요. 병원에 얼른 데리고 가라는 말 말고는 더 이상 해 줄 조언이 없습니다. 그럼 언니 일이 잘 해결되길 바랍니다. 언제든 연락 주셔도 됩니다.

P.S. 숙제를 내 준 사람은 제가 아니고, 숙제를 내기 전에 어떠한 상의도 없었다는 사실을 다시 한 번 말씀드립니다.

뭐야.

중간에 피 이야기가 나와서 깜짝 놀랐다가 마지막 P.S.를 읽고 또 '뭐야.'라는 소리가 나와 버렸다. 왜 이렇게 숙제에 집착하는지 알 수가 없다. 어쨌든 다음번 답장을 할 때 숙제를 내 준 게 작가님이 아니라는 걸 잘 알고 있다고 꼭 언급해야겠다고 다짐했다.

"너, 뭐 해?"

"응?"

언니의 말에 메일 속에서 빠져나왔다. 언니가 문 앞에 서서 "엄마가 아침 먹으래."라고 했다. 언니는 나갈 준비를 하고 있었다.

"언니는?"

"난 새벽에 먹었어. 산책 좀 하고 올게."

"거짓말."

언니가 입술을 쭉 내밀면서 "45킬로그램 될 때까지만."이라고 중얼거리듯 덧붙였다.

"언니, 누군가 길에서 칼로 자신의 몸을 찌르고 있어. 그럼 어떻게 할 거야?"

"신고하고 병원에 데려가야지."

"그렇지?"

언니가 고개를 끄덕이며 나가려다 "어머, 너 그런 사람 봤어?"라고 했다. 언니는 내가 대답할 새도 없이 "미친 놈 아니냐? 왜 멀쩡한 자기 몸을 칼로 찔러."라고 했다. 나는 뭐라고 대답해야 할지 몰랐다. 언니가 방을 나가자마자 부엌에 있는 엄마에게로 갔다. 할머니, 할아버지는 이미 식사를 마친 후여서 엄마 혼자 올갱이 국을 뜨고 있었다.

저놈의 올갱이 국은 한여름 내내 먹을 모양이다. 일부러 이곳에 올갱이 국을 먹으러 오는 사람도 있다던데, 이해할 수가 없다. 시골 음식 체험 같은 건가?

"엄마, 드릴 말씀이 있어요."

"말씀? 듣기도 전부터 겁난다. 그리고 왜 갑자기 존댓말?"

"엄마, 그게 중요한 게 아니야."

"그럼?"

"언니가 다이어트하는 건 알지?"

"다이어트도 적당히 해야지. 걔는 공부도 그렇게 독하게 하더니 다이어트도 무슨 목숨을 걸고 한다. 뭐든지 적당한 게 없어. 하긴, 그 나이대에는 다 그렇지 뭐."

"그 나이대에는 일부러 토하기도 해?"

"토?"

나는 고개를 끄덕였다.

"언니 어제 저녁 먹고 와서 화장실에서 토했어."

"얹힌 거 아니고?"

"손가락을 입속 깊숙이 넣었어. 내가 봤어."

엄마가 국자를 내려놨다. 엄마의 안색이 급격히 어두워졌다.

"문제가 있는 거 맞지?"

엄마는 더 이상 내 말을 듣지 않는 것 같았다. 엄마는 벌떡 일어서서 언니를 찾았지만, 언니는 이미 나간 후였다.

"……서울에서 무슨 일 있었나."

엄마는 혼자서 중얼거리면서 생각에 잠겼다.

언니는 저녁 늦게야 돌아왔다. 친구들을 만나고 왔다고 했다.

"기분 좋아 보이네?"

"다들 엄청 놀라더라. 완전 다시 태어난 것 같다고. 너 걔 기억나? 창민이라고. 완전 인기 많았잖아. 걔가 나보고 입을 못 다물더라."

"술 마셨어?"

"먹는 척만."

언니는 옷을 갈아입자마자 체중계 위로 올라갔다. 몸무게는 49.8. 아침보다 쪘다. 눈으로 보기에는 더 말라 보였지만, 체중계는 그랬다. 언니의 얼굴에서 핏기가 사라졌다.

"언니, 부어서 그런가 봐."

"나 부어 보여?"

"아니 그게 아니라 원래 아침에 덜 나가잖아."

언니는 믿을 수 없다는 듯이 브래지어를 벗고 다시 체중계에 올라 갔다. 체중에는 변화가 없었다. 이번에는 팬티까지 벗으려고 했다가 의아해하는 내 시선을 받고는 팬티에서 손을 뗐다.

"언니, 지금 엄청 말랐어."

"거짓말 마. 날씬한 건 맞는데 마른 건 아니야."

"아니야, 말랐어."

"솔직히 가끔 거울 보면 깜짝 놀라."

"왜?"

"돼지 같아서."

언니는 몸무게 하나로 천국과 지옥을 왔다 갔다 하는 것처럼 보였다. 저깟 숫자가 뭐라고.

"돼지가 언니처럼 말랐으면 돼지가 아니라 기린이겠지."

어이없어서 피식 웃는데 방문이 열렸다. 아까부터 언니를 기다리고 있던 엄마였다. 엄마가 걱정 가득한 얼굴로 언니 앞에 섰다. 언니는 나를 보고 입 모양으로 "왜 그래?"라고 물었다. 내가 대답할 새도 없이 엄마가 말했다.

"너 일부러 토한다며?"

언니가 내 쪽으로 고개를 다시 홱 돌렸다.

"말했어?"

나는 고개를 끄덕였다.

"길 가다 누가 칼로 자기 몸을 찌르고 있으면 신고해야 된다며?"

"뭐?"

나는 언니의 눈길을 피했다. 그날 언니의 자세로 봐서는 한두 번 해 본 솜씨가 아닌 것 같았다.

"너 도대체 왜 그래? 밥 안 먹는 것도 모자라 토를 해?"

"내 일은 내가 알아서 할게."

"네가 네 손으로 니 몸을 해치는데 엄마가 가만히 있어?"

"엄마랑 인혜는 날씬해서 몰라. 돼지로 사는 게 얼마나 비참한지."

"누가 다이어트하지 말래? 네 몸 해치면서까지 하지 말라는 거야."

"다 해 봤어!"

언니가 크게 한숨을 내쉬었다. 숨을 내쉴 때마다 언니의 앙상한 갈비뼈가 도드라져서 정말 기린처럼 보였다. 나는 이 상황이 너무 어이가 없어서 웃고 말았다. 웃고 나서 아차 싶었지만, 이미 늦었다.

"비웃지 마."

"비웃는 거 아니야."

"온종일 운동도 하고 다이어트 식품도 먹어 보고 다 해 봤어. 내가 안 해 봤을 것 같아? 근데 다 그때뿐이야. 다시 먹으면 그대로 쪄. 안 먹는 수밖에 없어. 먹는 건 다 찌는 거야. 그게 과학이고 당연한 거야. 우리가 통 안에 공을 넣으면 공이 사라지지 않고 그대로 있지. 그거랑 똑같아. 우리 몸은 음식을 먹잖아. 그럼 여기에, 여기에 다 붙는 거야. 난 정말 싫어. 끔찍해."

"그럼 너 평생 안 먹고 살 수 있어?"

엄마의 말도 안 되는 질문에 언니가 당연하다는 듯이 고개를 끄덕였다. 평생 안 먹고 살 수 있다니…….

"내 눈에는 음식이 아니라 무슨 망치, 칼 같아 보여. 역겨워. 토할 것 같아. 아무리 맛있는 음식이라도 다 날 해칠 것 같아."

"그렇게 생각하는 게 망상이지 진짜야?"

"어쨌든 내 눈에는 그렇다고!"

언니가 입술을 꾹 깨물었다. 그러더니 털썩 주저앉았다. 아무리 한여름이라도 거의 벗다시피 하고 있는 언니의 모습이 애처로워 보였다. 몸과 마음이 같이 헐벗고 있구나.

"이제부터 먹는 거 감시할 거야. 먹고 억지로 토하는 것까지."

엄마는 방문을 닫고 나갔다.

언니는 아무 대답도 없이 멍하니 허공을 바라봤다. 언니가 꿈꾸는 언니 모습이 어떤 모습일지 알 것 같았지만, 그게 꼭 좋은 것일까 하는 의문이 따라왔다.

잡지에서 보는 깡마른 모델처럼 되고 싶은 거겠지. 깡마르기 위해서 언니의 위에 아무것도 넣지 않으려고 하는 거다. 먹지 않고, 영양분을 섭취하지 않고 언니는 언제까지 버틸 수 있을까?

"그런 눈으로 보지 마."

"내가 뭐?"

"한심하다는 듯이 보고 있잖아."

"아니야."

"내가 바보야?"

언니가 나를 쏘아봤다.

"공부까지 못했으면 큰일 날 뻔했다."

"뭐?"

"사람들이 내 등 뒤에서 그런 소리 하는 거 모를 줄 알았어? 넌 꼭 공부 잘해야 한다, 공부라도 잘해서 다행이다, 그 몸에 공부도 못했으면 큰일 날 뻔했다, 그런 얘기. 나 다 알아. 나에 대해 사람들이 뭐라고 하는지. 그때마다 대학 가서 살 뺀다고 다짐하고 또 했어. 난 날씬해지면 안 돼? 너만 날씬해야 돼?"

"언니……."

"넌 내 마음 몰라."

언니가 불을 끄고 침대에 들어가는 바람에 아무 말도 할 수 없었다. 나는 바닥에 이불을 깔고 누웠다. 언니 마음속에 태풍이 몰아치고 있는데 내가 뭘 할 수 있을까. 그 태풍이 잠잠해지길 기다리는 수밖에 없지 않을까.

할머니, 할아버지는 힐끗힐끗 언니를 봤고, 엄마는 아예 고개를 고정한 채 언니를 바라봤다. 언니는 마치 모래를 씹듯 흰 밥알을 씹어 삼켰다. 세상에, 음식을 저렇게 맛없게 먹는 사람은 태어나서 처음이다. 모르는 사람이 본다면 엄마는 계모이고, 막 의붓딸의 밥에 독약을 넣고 먹는 걸 지켜보는 것으로 착각할 수도 있을 것 같다.

언니는 꾸역꾸역 독약을, 아니 밥알을 씹어 삼켰다. 엄마가 퍼 놓은 밥 양의 반 정도를 먹고 도저히 못 먹겠다는 듯이 엄마를 바라봤다. 엄마는 고개를 저었다. 언니는 억지로 나머지 밥을 다 먹었다.

할아버지, 할머니는 어떤 상황인지 대충 인지하신 듯했지만, 어떤 말씀도 없었다. 언니가 밥을 다 먹고 나지막이 한숨을 내쉬었다. 먹는 기쁨을 잃고 언니는 도대체 뭘 얻었을까.

"저 일어설게요."

언니가 할머니, 할아버지께 인사하고 자리에서 일어섰다. 언니가 부엌을 나가자 "보약이라도 한 제 지어 줘야 하는 거 아니냐."라고 할아버지가 말을 꺼냈다.

"밥이 보약이에요. 아니, 서울로 대학 보내 줘, 다달이 용돈 줘, 뭐가 부족해서요."

"매가리가 없잖니, 매가리가."

"옛날 같았으면 밥이고 고기고 귀해서 못 먹어요. 이게 다 너무 풍족해서 그래요. 없어야 귀한 줄 알지."

"에미야, 누가 보면 네가 전쟁 겪고 보릿고개 겪은 줄 알겠다."

풋. 나도 모르게 웃음이 튀어나왔다. 엄마가 나를 노려봤다.

"내가 돈 줄 테니까 한 제 지어 주거라. 아니면 내가 하고."

"아버님, 돈이 어디 있다고."

"내가 돈이 왜 없어? 평생을 일만 하고 살았는데. 너는 감사하다는 말을 못 해서 꼭 그렇게 사람 속을 뒤집어 놓더구나."

나는 이번에도 풋 하고 웃음이 나올 것 같아 급하게 입을 틀어막았다.

"넌 언니 감시나 해."

엄마는 괜히 나한테 화풀이다. 마침 언니가 화장실에 들어가려고 해서 따라 들어갔다.

"뭐야?"

"감시."

언니가 이번엔 풋 하고 웃었다.

"해라 해."

언니는 토하는 대신에 당당히 칫솔에 치약을 묻히고 양치를 시작했다. 나는 멍하니 서서 그 모습을 바라보며, 대체 황금 같은 방학에 왜 이러고 있는 건지 모르겠다고 생각했다. 언니는 양치를 다 끝내고 변기 뚜껑을 열고 잠옷 바지를 내릴 준비를 했다.

"볼 거야?"

"웩."

나는 토하는 시늉을 하며 화장실로 나왔다.

열여섯 내 인생이 변기 물에 빨려 들어갈 것만 같다.

***

이태리 작가님께

작가님, 안녕하세요.

일전에 주신 메일이 큰 도움이 됐습니다. 엄마에게 언니의 상태에 대해 솔직하게 말했고, 엄마가 다시 언니에게 주의를 주었더니 밥 안 먹는 것과 토하는 것 모두 고칠 수 있었습니다. 덕분에(?) 저의 방학은 언니를 감시하는데 모두 빨려 들어갔지만요.

또 다른 용건이 있는 건 아니고, 혹시 궁금해하실까 봐 메일 드리는 거예요. 늘 건강하세요.

아, 그리고 강연 때 받은 숙제⋯⋯. 정말 어려워요. 차라리 수학 문제집 한 권을 풀어 와라, 청소년 명작 소설 열 권을 읽어 와라 같은 숙제라면 시간은 걸려도 할 수 있을 것 같은데, 자아를 표현할 수 있는 사물을 찾으라고 하니 아무리 생각해도 답이 안 나와요. 그래도 아직 방학이 남았으니 더 생각해 봐야죠. 그리고 저는 절대 작가님 원망하지 않아요. 이건 진심이에요.

보내기 버튼을 누르고 나니 숙제를 막 끝낸 것처럼 속이 후련했다. 물론, 진짜 숙제는 시작도 못 했지만.

언니는 엄마의 훈계 이후로 많이 좋아졌다. 점심이나 저녁은 친구들과 약속이 있다고 나갈 때가 많아서 감시하는 데 한계가 있었지만, 적어도 아침만은 잘 먹었다. 적어도 그날 이후로 근 한 달 동안 욕실에서 토하는 건 보지 못했다.

"또 나가?"

내가 말하자 언니가 핫팬츠에 발을 집어넣으며 "애들이 자꾸 보자고 하니까."라며 잘난 척을 하듯 말했다.

"완전 연예인이네."

"안 그래도 지나가면 다들 나만 쳐다보는 것 같아."

"그건 언니가 예뻐서가 아니라 변해서야. 내가 갑자기 여기서 20킬로 찐다고 생각해 봐. 그럼 사람들이 보겠어, 안 보겠어? 그거랑 똑같은 거야. 언니가 갑자기 변했으니까 보는 거지 언니가 연예인처럼 예뻐서 보는 건 절대 아니야."

"말을 해도 꼭."

"착각은 자유지만, 혹시 언니가 친구들한테 그런 식으로 말했다가 왕따당할까 봐 그렇지."

언니는 입을 쭉 내밀면서 가방에 핸드폰과 지갑을 집어넣었다.

"언니, 가방 샀어?"

"아, 보세야. 지나다가 가판에서."

"오, 예쁘다! 보세가 아니라 명품 같아."

"너 명품 실제로 본 적이나 있냐?"

언니가 비꼬든 말든 나는 언니의 가방을 뺏었다. 내가 가방을 유심히 살피자 언니는 "나 빨리 나가야 돼." 하면서도 표정은 너그러워 보였다. 나는 어두운 붉은색에 금색 로고가 박혀 있는 가방을 요리조리 살폈다. 나도 용돈 받으면 이런 가방 하나 사야겠다는 생각을 하며 가방 안을 보는데 흰색 병이 눈에 띄었다.

나는 무심코 흰색 플라스틱 통을 들었다. 내 주먹만 한 통이었다. 내가 뭔지 보려고 하자 언니가 확 낚아챘다.

"이런 거 비매너야. 예의 없는 행동이라고."

"뭔데?"

"비타민."

"비타민 가지고 되게 뭐라고 하네. 좋은 거 있음 같이 먹어."

"중3이 무슨 영양제야!"

언니가 씩씩거리고는 지갑에서 만 원짜리 몇 장을 꺼내서 내 손에 쥐어 주었다.

"너도 방학인데 집에만 처박혀 있지 말고 제발 나가서 좀 놀아. 아니면 공부를 하든가."

한마디 하려다 돈을 뺏길까 봐 입을 다물었다. 이런 게 교과서에서 말한 자본주의구나. 돈 앞에서는 하고 싶은 말도 금지다! 언니가 방에서 나가자마자 나도 돈을 지갑에 집어넣고 나갈 준비를 했다.

"나도 가방 사야지."

시내에 '난 나야'라는 잡화점이 있다. 이 잡화점에는 가방부터 문구까지 없는 게 없다. 무심코 들어갔다가는 돈은 물론 영혼까지 털리고 올 수 있다. 옷까지 입고 방을 나가려는데 알람이 왔다.

핸드폰을 보니 답 메일이었다. 역시 센스가 좀 부족하구나. 내 메일은 답 메일을 요구하는 메일이 아니라 이쯤에서 끝내자는 신호였는데 그 신호를 못 읽은 것이다. 작가라면 상대방의 심리를 잘 알고 있을 것 같은데 다 그렇지는 않은 모양이었다. 아니, 다시 생각해 보니 작가들은 골방에 갇혀서 인간관계를 다 끊고 글만 쓸 것 같기도 하다. 내 머릿속에는 속세와 연을 끊고 산속에 올라가 수행자처럼 글쓰기를 하는 작가와 도심 한가운데서 지나다니는 사람들을 매의 눈으로 관찰하며 글쓰기를 하는 작가가 동시에 떠올랐다. 한쪽은 예술가의 이미지라면 한쪽은 직장인 이미지였다. 둘을 적당히 섞어 놓은 작가의 모습은 잘 상상이 가지 않았다.

나는 가방 쇼핑할 생각에 한껏 들떠 있다가 잠시 침대 모서리에 걸터앉아 메일을 열었다.

제가 몇 번이나 강조했는데, 역시 하나도 전달이 안 됐더군요.

병아리는 태어나서 처음 본 사람을 엄마라고 착각한대요. 그럼 이후에 진짜 자신을 낳아 준 엄마가 나타나도 알아보지 못하는 거죠. 이번 숙제 사건을 겪으며 그 말의 의미를 머리가 아닌 가슴으로 이해했습니다.

숙제를 내 준 건 제가 아니지만, 제가 그 자리에 있었고, 강연을 했고, 제 소설과 연관되었다는 이유 하나만으로, 제가 내 준 숙제가 되었고 이후에는 제가 아무리 그게 아니라고 부인을 해도 정정이 되지 않네요.

숙제는 제가 내 준 게 아닙니다.

정말 마지막으로 하는 말입니다. 더는 지쳐서 말하고 싶지 않네요.

뭐야, 이 작가님 진짜 이상해.

내가 언제 작가님이 숙제를 내 줬다고 했나. 나는 그냥 작가님의 소설과 연관되어 있는 숙제라고 생각해서 언급한 것뿐인데……. 게다가 원망하지 않는다고 분명히 밝혔는데.

우선 언니의 일은 다행이에요.

그러나 저는 좀 걱정이 되네요. 어제까지 밥을 거부하고, 일부러 토악질까지 하다가 엄마의 말 한마디에 밥을 잘 먹는다는 게요. 물론 엄마의 진심이 통했을 수도 있지만, 제가 여태까지 겪어 본 바로는 모든 일이 그렇게 단번에 해결되지 않거든요. 언니가 혹시 아침 한 끼만 먹는 게 아닐까요? 혹은 인혜 친구가 안 보는 데에서 토하는 게 아닐까요?

지나친 기우일 수도 있겠지만, 혹시나 해서 메일 드립니다.

작가님 걱정 감사합니다.

우선 저는 병아리가 아니에요. 저는 작가님께서 숙제를 내 주신 게 아니란 걸 정말 잘 알고 있습니다. 다만 그 숙제가 작가님과 전혀 관계가 없지는 않다는 걸 말씀드린 거예요. 작가님이 그런 소설을 쓰지 않았다면 저희가 지금 이런 숙제를 하고 있을까요?

작가님, 언니는 정말 좋아졌어요.

심지어 요새는 영양제도 챙겨 먹더라니까요. 펜터민인가 뭔가라는 비타민인데요, 제가 달라니까 정색하더라고요. 자기 몸이 얼마나 소중한지 이번에 깨달았나 봐요. 게다가 밥 먹을 땐 엄마가 감시하고, 화장실 갈 땐 제가 감시하니까 아예 굶거나 토할 생각은 접은 것일지도요.

그동안의 작가님의 관심에 정말 감사드리며 앞으로 건강하시길 바랍니다.

더 이상 작가님의 시간을 빼앗지 않아도 될 것 같아 참으로 기쁩니다.

더 이상의 답장은 없겠지. 이 정도 완곡한 표현을 썼는데도 또 답장을 하면 정말 눈치라고는 개한테 주려고 해도 없는 사람일 것이다.

– 띠링

메일을 보낸 지 5분도 되지 않아 다시 답 메일이 왔다. 머릿속에 삐뽀삐뽀 불이 켜졌다. 친구들에게 이 작가에게 절대 메일을 보내지 말라고 알려야겠다는 경각심이 일었다. 보내는 건 내 마음이지만 끝내는 건 마음대로 되지 않는다.

펜터민요?

맙소사.

역시 그럴 줄 알았어요.

그거 식욕 억제제예요.

언니를 정신과 전문의에게 꼭 데려가세요. 상담을 꼭 받아야 해요. 지금 언니는 심각한 상태예요. 급박한 일이라 이렇게 급하게 메일 보내요. 저녁에 차근차근 다시 메일 보낼게요.

아, 그리고 숙제 이야기는 이제 더 이상 하지 않는 걸로 해요. 그럼.

아니 숙제 이야기 먼저 꺼낸 게 누구인데.

어, 근데 식욕 억제제가 뭐지? 언니 가방에 들어 있던 약병에 든 게 비타민이 아니라 식욕 억제제라고? 언니는 식욕 억제제가 왜 필요한 거지? 분명 나한테 음식은 보기도 싫다고 했는데. 억지로 억지로 먹는 것뿐이라고.

그럼 언니가 거짓말을?

언니처럼 당차고 꼼꼼하고 머리도 똑똑한 사람이 왜 식욕 억제제 같은 걸 먹을까? '그건 말도 안 돼.'라고 생각하면서도 나는 인터넷 검색창에 펜터민이라고 쳤다. 분명 저 작가님이 거짓말을 한 거야. 숙제에 집착하는 것만 봐도 얼마나 이상한 사람인지 알 수 있잖아. 그러나 내 기대와는 달리 펜터민은 작가님이 말한 그 약이 맞았다.

내 머릿속에 쿵 하고 소파가 내려앉은 것 같았다. 낡은 가죽으로

뒤덮인 아주 큰 소파가 말이다. 그 소파가 내 머릿속에 자리 잡자 나는 진짜 소파가 나를 덮친 것처럼 압사당하는 기분에 빠져들었다. 이대로 엄마에게 말해야 할까?

나는 다시 작가님이 보내 준 메일을 읽었다. 메일에는 정신과 전문의에게 데려가라고 되어 있었다. 정신이 아파서 정신과에 가는 건 감기에 걸려 이비인후과에 가거나 다리를 다쳐 정형외과에 가는 것과는 다른 문제로 보였다. 그런데 정말 다른 문제일까?

그럼 다른 문제지. 다른 문제야.

예를 들어 병원 다녀오는 길에 친구를 만났다고 하자. 친구가 "어디 다녀와?"라고 물었을 때 "감기 걸려서 병원 다녀와."라고 말하는 것처럼 "아, 정신이 아파서 정신 병원에 다녀오는 길이야." 할 수 있을까? 절대 할 수 없다. 나는 언니를 절대 정신 병원에 데려가지 않을 것이다. 만약 엄마에게 말하면 정신 병원에 데려가려고 하겠지? 그렇다면 엄마에게 말하지 않고 언니와 담판 짓는 수밖에 없다.

나는 '난 나야' 상점에 가는 대신 언니에게 전화를 걸었다. 언니는 롯데리아에 있다고 했다. 나는 내 안에 있는 모든 힘을 다해 전력 질주했다. 심장이 터질 것 같다고 느낄 때쯤 롯데리아에 당도했다. 유리창 너머로 언니가 친구들과 얘기를 나누는 모습이 보였다. 나는 언니를 가만히 지켜봤다. 테이블에는 콜라와 햄버거, 프렌치프라이 등이 늘어놓아져 있었지만, 언니는 한 번도 음식물에 손을 갖다 대지 않았다. 자신 앞에 놓인 커피만 홀짝홀짝 댈 뿐이었다.

내가 롯데리아에 들어가자 언니가 놀란 듯이 쳐다봤다. 나는 아무 말도 하지 않고 언니를 노려봤다.

"인혜, 안녕."

소영이 언니가 손을 들고 발랄하게 인사했다. 안녕이라니. 나를 어린애 취급하는 게 분명하다. 그러나 그런 것에 신경 쓸 때가 아니었다. 나는 살짝 손을 올렸다 내린 후에 언니에게 "따라 나와."라고 말했다. 내 말에 인철이 오빠가 "야, 인혜 무섭다!" 하면서 키득거렸다.

나는 인철이 오빠를 한껏 노려봤다. 오빠가 두 팔로 자신의 몸통을 감싸며 "어머머, 오줌 지리겠다."라며 또다시 과장된 행동을 했다. 나는 최대한 인내심을 발휘해 이렇게 말했다.

"남대문 열렸어요!"

그 말에 소영이 언니와 언니가 크큭 웃었다. 나는 언니의 팔을 잡아끌었다. 언니가 끌려가듯 따라 나오면서 "야, 너 갑자기 왜 그러는데?" 하고 소리를 질렀다. 롯데리아 뒤편으로 가서야 나는 팔을 놓았다.

"펜터민이 뭐야?"

"뭐?"

"펜터민이 뭐냐고!"

"그걸 네가 어떻게……."

"내가 바보인 줄 알아?"

나는 언니를 한껏 노려보았다. 나는 언니의 마음이 아프다는 사실보다 언니에게 배신당했다는 사실에 더 치가 떨렸다. 밥을 보면 돌덩이 같다느니 먹기 싫다느니 했던 말은 다 거짓말이고 사실은 식욕 억제제를 먹으며 식욕을 누르고 있었던 것이다. 그리고 나한테는 펜터민을 비타민이라고 거짓말한 것이다.

"언니는 나를 배신했어."

"네가 여기 살아서 모르나 본데 서울에서는 다들 이런 거 먹어."

"뻥치시네."

어이가 없어서 피식 웃음이 흘러나왔다.

"서울이 무슨 뉴욕이라도 돼? 이 좁은 땅덩이에 서울이 뭐고 시골이 뭐야. 언니! 시골에 대한 편견을 가진 사람은 대체로 서울에서 태어나 서울에서만 산 사람들이 아니라 언니처럼 시골에 살다가 서울로 나간 사람들이야. 그런 사람들이 눈 풀려서 서울은, 서울은 하는 거라고."

"아니 정말이야. 네가 서울 와 보면 알 거야. 다 엄청 날씬하고, 다 다이어트 보조제 한두 개씩은 먹어."

"그래서 언니가 정상이라고?"

내가 팔짱을 끼고 언니를 똑바로 올려다보자 언니가 입술을 깨물었다.

"너는 몰라. 뚱뚱한 게 어떤 건지."

"언니 지금 엄청 날씬해! 아니 말랐어! 나보다 더! 거울 보면 말랐다는 거 알잖아."

"아니야, 뚱뚱해. 거울 보면 웬 돼지 새끼 한 마리가 서 있는 것 같아."

"눈이 어떻게 된 거 아니야?"

"이게 팩트야. 너 또 엄마한테 말할 거야?"

언니가 지갑을 열더니 "돈 줄게." 했다.

"얼마 줄 건데?"

"5만, 아니 10만 원."

"100만 원 주면 생각해 볼게."

"나한테 그런 돈이 어디 있냐?"

"그럼 말할 거야."

언니가 씩씩거렸다. 나는 언니의 가방에서 하얀색 약병을 꺼냈다. 언니가 나를 노려봤지만, 나는 그대로 약병의 뚜껑을 열고 바닥에 쏟아부었다. 언니가 경악한 듯 입을 벌리며 쭈그려 앉아 약을 집었다. 그러나 이미 흰색 약은 흙먼지로 더러워진 상태였다. 흙에 감자씨를 뿌리면 감자가 나오는데, 식욕 억제제를 뿌리면 무엇이 나올까. 혹시 흙까지 말라비틀어지는 게 아닐까.

"야! 이거 비싸단 말이야!"

언니가 씩씩거렸다.

"계속 안 먹다 보니까 식욕이 없어졌는데 아침을 꼬박꼬박 먹으니까 식욕도 생기고 다시 살이 찌는 것 같아서 산 거란 말이야! 내가 다시 뚱뚱해지면 네가 책임질 거야?"

"그럼 어때서? 사람이 졸리면 자고, 배고프면 먹는 게 당연한 거잖아!"

"넌 좋겠다, 그렇게 만사태평해서. 그래서 네가 공부를 못하는 거야. 공부 잘하는 애들은 졸리면 자는 게 아니라 커피 마시고 정신 차려서 공부해."

"언니, 언니 정신도 어떻게 된 거 아니야? 언니 원래 이런 사람 아니었잖아. 나한테 공부 못해도 된다며! 잘하는 거 한 가지만 있으면 된다며? 어?"

식욕 억제제에 혹시 사람의 정신도 말라비틀어지게 하는 효과가 있는 게 아닐까. 언니는 내가 알던 언니가 아니었다. 서울에서 무슨 일을 겪었는지 모르겠지만, 완전히 변했다. 누가 봐도 말랐는데 자신을 돼지라고 하질 않나, 나한테 공부 못한다고 뭐라고 하질 않나. 예전의 언니는 단 한 번도 나한테 공부 가지고 뭐라고 한 적이 없다.

사람마다 잘하는 게 다르기 때문에 자신이 잘하는 걸 하면 된다며, 나한테 상업 고등학교로 가라고 조언해 준 것도 언니였다. 나는 완전히 절망한 상태로, 마음의 상처를 입은 채로 언니를 바라봤다. 거기엔 나처럼 마음의 상처를 입은 한 사람이 서 있었다.

"나는 아무리 명문대에 다녀도 뚱뚱한 여자애, 공부밖에 할 줄 아는 게 없는 애일 뿐이야. 내가 살을 빼고 나서야 예쁜데 공부도 잘하는 애가 된 거야."

"그건 남들의 평가일 뿐이잖아."

"그게 다야. 그게 세상의 다라고."

아!

남들의 평가가 다라는 말에서 나는 의문이 풀리는 듯했다. 언니는 언니 눈으로 자신을 보고 있지 않구나. 남의 눈으로 자신을 보고 있구나. 나는 왜 언니가 거울을 보고도 자신을 돼지라고 하는지 알 것 같았다. 다리에 힘이 풀리는 듯했다.

언니는 정신과 치료를 받아야 해.

아까 작가님의 메일이 떠올랐다. 만약 남들이 어디 다녀오냐고 묻는다면 당당하게 상담을 받고 오는 길이라고 할 수는 없겠지만, 그래도 남들의 시선보다 언니의 마음 건강이 우선이다.

"나 먼저 갈게."

힘없이 뒤돌아서는데 "미안해."라는 언니의 목소리가 들렸다.

"공부 얘기한 거 미안해."

나는 다시 뒤돌아봤다.

"흥분해서 그랬어."

나는 아무 말도 하지 않았다.

"뚱뚱한 여자로 살아가는 거, 생각보다 힘들어."

나는 고개를 끄덕이며 천천히 언니와 멀어졌다.

뚱뚱한 여자로 살아가기 힘들다면 그건 언니의 문제일까 사회의 문제일까. 언니는 뚱뚱하다고 손가락질하는 사람들에게 맞서기보다는, 날씬한 사람들 편에 서기로 결심한 듯했다. 솔직히 나는 태어나서 한 번도 뚱뚱한 적이 없기 때문에, 언니의 마음을 잘 이해할 수 없다. 그러나 공부를 대비해서 생각해 보면 조금 이해도 갔다. 1등이 있으면 꼴등이 있는 게 당연한 이치인데, 선생님들은 공부를 못하면 사람 취급을 해 주지 않는다. 나는 그럴 때마다 자괴감에 빠진다. 공부는 못하지만, 그림도 잘 그리고 센스도 있는데……. 나의 장점이 아무리 많아도 남들 눈에 난 그저 공부 못하는 애일 뿐이다. 언니도 그랬던 것일까.

공부도 잘하고 마음도 착하고, 꿈도 있지만, 남들 눈에는 그저 뚱뚱한 여자애였을 뿐일까.

언니를 이해하려고 노력하다 보니 언니의 마음이 나에게 전해지는 듯했다. 언니의 아픔이, 언니의 고통이……. 나는 언니를 지키고 싶어졌다. 남의 눈으로 세상을 보다 보면 언젠가 언니가 사라질 것만 같았기 때문이다. 나는 언니를 이곳에 단단히 붙잡아 두자고 다짐했다. 언니의 영혼이 언니를 떠나지 않게 말이다.

진짜 나를 보려면

집에 도착하자마자 컴퓨터 책상 앞에 앉았다. 역시나 이따 길게 보내겠다던 작가님의 메일이 와 있었다.

안녕하세요.

아까는 많이 놀랐죠? 저도 좀 놀라서 급하게 메일을 보낸 후에, 뜨거운 커피 한 잔 타서 다시 책상 앞에 앉았어요.

저는 사실 조언이나 고민 상담 같은 걸 많이 좋아하는 편은 아니에요. 그러나 누군가 나에게 조언을 구해 왔을 때에는 최대한 성실하게 답변하려고 노력합니다. 이번에도 인혜 학생이 메일을 먼저 보냈기 때문에 어떤 책임감 같은 걸 느끼게 되었고, 이렇게 여러 번 메일을 보내게 된 것입니다.

우선 언니가 식욕 억제제를 먹는다는 사실 때문에 많이 놀라고 걱정할 거라고 생각해요. 20대 초반에 이런 식의 약물 복용을 시작으로 점점 더 약물에 의존하는 경우를 많이 봐 왔기에 저 역시 아까는 놀랐던 것도 사실이에요. 그러나 제가 아까 미처 적지 못한 내용들이 있어요.

우선, 우리는 성장하면서 여러 가지 변화를 겪어요. 한때는 몸매가 인생에서 제일 중요한 것처럼 느껴져 하루 24시간 내내 다이어트에만 신경 쓰기도 하고, 또 한때는 대학이 내 인생의 성공과 실패를 결정하는 것처럼 느껴져 성적이 조금만 떨어져도 살아갈 가치가 없는 것처럼 느껴지기도 하지요. 그러나 이런 감정들은 시간이 지날수록 옅어집니다. 그게 자연스러운 현상이고요. 그런데요, 그렇지 않은 경우도 있어요.

점점 더 심해지는 경우가 바로 그래요.

제가 인혜 학생의 언니 문제를 좀 심각하게 바라보는 이유도 그것과 같아요. 다이어트할 때 자신의 모습을 왜곡해서 받아들이는 건 자연스러운 현상이에요. 그러나 시간이 지나면 바로잡히죠. 그런데 언니의 이야기를 듣다 보니 점점 더 다이어트에 집착하는 것 같아요. 그래서 걱정스러워요.

굶는 것을 넘어 억지로 토하는 것, 식욕 억제제까지 먹는 모습요. 지금 바로잡지 않으면 앞으로 언니가 꽤 힘들 것 같다는 생각이 들어요.

언니를 상담받게 해서 자신을 바라보는 왜곡된 시선을 바로잡아야 한다고 생각해요. 부모님께 말씀드려서 함께 정신과 상담을 받는 걸 추천드립니다. 정신과는 절대 이상한 곳이 아니에요. 미국에서는 사람들이 손을 다쳐 병원에 가는 것처럼 자연스레 정신과를 찾는다고 해요. 우리나라도 점점 그렇게 되어 가고 있고요. 처음엔 주눅이 들 테고 그게 당연하겠지만, 언니를 사랑하는 마음으로 견뎌 내 보시길 바랍니다. 저는 인혜 학생이 아주 강인하게 느껴져요. 그런 강인함이라면 사랑하는 언니를 지킬 수 있을 거라고 생각합니다.

강인하다고?

이태리 작가님은 나에게 강인하다고 했다. 내가 언니를 지켜 낼 수 있을 거라고. 솔직히 나는 내가 언니를 지켜 낼 수 있을 거라고 생각하지 않는다. 나는 비관주의자다. 언니가 언니 스스로를 망치기로 결심했다면, 내가 아무리 언니를 지키려고 해 봤자 소용없다는 걸 알고 있다. 다행인 건, 언니가 언니를 망치기로 결심한 것처럼 보이지 않는다는 것이다. 다만 남의 목소리가 너무 크게 들려, 자신의 목소리가 안 들리는 것뿐이리라. 언니의 내면에는 언니를 돼지라고 비난하는 대신에, 있는 그대로의 자신을 사랑한다고 말해 주는 진짜 언니의 목소리가 자리 잡고 있을 것이다.

나는 컴퓨터를 끄면서 결심했다.

언니가 거울을 보며 스스로를 돼지라고 생각하는 걸 멈추게 도와줄 거라고. 언니가 거울을 보며 있는 그대로의 자신을 바라보게 도와줄 거라고. 그러려면 나 혼자서는 안 된다. 엄마에게 언니를 감시하는 걸 멈추고 치료를 받게 해야 한다고 말할 것이다. 그렇게 다짐하자 어쩐지 마음이 편안해졌다.

침대에 누워 스르르 잠들려는데 방문이 열리는 소리가 들렸다.

"자?"

언니의 목소리가 들렸지만 나는 자는 척했다. 언니가 정신과 상담을 받지 않겠다고 한다면 억지로 끌고 갈 수는 없겠지. 내가 할 수 있는 건 언니를 설득해 스스로 걸어서 병원에 가게 하는 것뿐이다. 잘할 수 있을까?

"아까는 미안했어."

언니는 계속해서 중얼거렸다.

"난 자라면서……. '진혜가 동생 밥까지 뺏어 먹었나 보다.' 이 말이 제일 듣기 싫었어. 너도 나처럼 뚱뚱했으면 좋겠다고 생각했어. 그래도 그때는 대학 가는 게 더 중요해서 일부러 못 들은 척하고 공부만 했어. 그러다 막상 대학교에 오고 나니까 공허함 같은 게 밀려오더라고.

여기에 살 때는 선생님이든 이웃 아줌마든 다들 날 보면 공부 잘한다고 대단하다고 엄지를 척 치켜세웠는데, 막상 대학교에 가니 다들 공부를 잘하더라고. 공부 잘하는 건 특별한 게 아니었어. 똑똑한 애들 사이에서 나는 멍청이가 된 것 같았어. 시골에서 올라온 멍청이 말이야. 게다가 뚱뚱하기까지 하니까 자꾸 애들이 나를 돼지로 보는 것만 같았어.

뚱뚱하지만 공부는 잘하는 애에서 그냥 뚱뚱한 애가 된 거지. 처음에는 그냥 뒷담화 같은 거였어. 같은 학과 남자애들이 카톡에서 여자 동기들 외모 품평을 했나 봐. 누구는 얼굴은 보통인데 가슴이 크다, 누구는 얼굴은 예쁜데 다리가 코끼리 다리다, 또 누구는 보고만 있어도 흥분된다 뭐 그런 얘기들. 그 속에 내 이야기가 있었어. 뭐라고 했는지 알아?"

하마터면 '뭔데?'라고 말할 뻔했다. 그러나 언니는 내가 자는 줄 알고 이야기하는 거라 나는 입을 꾹 다물고 몸을 뒤척였다. 한 자세로 계속 자는 것도 부자연스러우니까.

"'사귀자고 쫓아다녀도 사절이야. 돼지 같아.'

그 말을 한 애는 내가 진짜 제일 싫어하는 애였어. 나도 마찬가지 였거든? 걔가 사귀자고 지구 몇 바퀴를 쫓아다녀도 절대 사절이야. 처음에는 화가 났지. '누가 사귀재?' 하고. 그런데 있잖아. 내가 좋아 하는 애도 아니고 무척 싫어하고, 절대 사귀고 싶지 않은 애가 한 말 인데도 그 말이 자꾸 귓가에 앵앵 맴돌더라고. 마치 벌이 꽃 주변을 맴도는 것처럼 내 귀에 맴돌아서 내가 뭘 하려고 하면 '돼지 같아.'라 는 말이 따라 왔어. 그 말은 걔만 했고 아무도 맞장구치지도 않았는 데, 마치 다른 애들도 나를 향해,

'돼지 같아.'

하고 말하는 것만 같았어. 밥을 먹으려고 하면 누군가의 시선이 날아와서 내 귀에 대고 '돼지 같아.'라고 말하고 수업을 들으러 강의 실에 들어가면 필기하는 내 모습을 보고 누군가 '돼지 같아.'라고 말 하는 것 같았어. 처음에는 '내가 진짜 싫어하는 저따위 애한테 들은 말 때문에 내가 상처받아야 해?' 하고 무시하려고 했어. 그런 말이 생각날 때마다 그 말을 한 애가 얼마나 못생기고 뚱뚱하고 저질인지 떠올리며 그 애를 욕했지. 근데 그런 욕을 하다 보니 어느새 그 욕이 나에게로 와 닿았어. 나는 걔한테 하는 욕인데 마치 걔가 나한테 그 런 욕을 하는 것처럼 느껴졌어.

내가 미친 걸까?

이런 생각 끝에는 늘 '살을 빼서 본때를 보여 주자.'라는 생각이 들 었어. 그래서 독한 마음으로 먹고 싶은 마음을 참고 참았더니 어느

새 먹는 걸 보면 눈살이 찌푸려지기 시작했어. 맛있는 음식을 보면 마치 독약처럼 느껴졌달까. 내가 음식을 싫어하면 싫어하게 될수록 사람들은 나에게 예쁘다고 했어.

'진혜야, 몰라보겠어.'

나는 몰라보겠다는 말이 좋았어. 그리고 그 말을 듣다 보면 그전의 나로, 살 빼기 전의 나로 절대 돌아가지 말아야겠다는 다짐을 하게 됐어. 그전의 나로 돌아간다는 건, 몰라보는 게 아니라 알아보겠다는 말과 같으니까. 진짜 나를 알아볼까 봐 거짓으로 포장하고 싶어진 것인지도 몰라. 10킬로그램 빠진 것과 20킬로그램 빠진 건 천지차이라 나는 계속해서 몰라보겠는 사람이 되어 갔고, 그럴수록 어쩐지 내가 대단한 사람이 된 것 같았어.

근데 있잖아. 나는 대단한 사람이 되었는데 왜 내 귀는 점점 더 커졌을까? 나는 지나가는 사람들의 모든 말을 다 듣게 된 것 같았어. 나를 향해 하는 말들. 허벅지 살이 조금만 더 빠지면 모델 같겠다, 날씬하긴 한데 상체에 비해 하체가 뚱뚱해, 같은 말들. 진짜 사람들이 나한테 그런 말을 했는지 안 했는지는 몰라. 그냥 내 귀에 그런 말들이 들렸어.

가끔은 그런 생각도 했어. 진짜 걔한테 고백해 볼까? 고백해서 걔가 좋다고 사귀자고 하면 뻥 차면서, '언제는 사귀자고 해도 싫다면서?'라고 말해 볼까, 이런 생각들. 유치하지? 나는 걔를 정말 싫어하고, 걔는 아무것도 아닌데 왜 나는 걔의 말에 이렇게 집착할까? 이런 내가 정말 싫어.

그런 생각 끝에는 늘 몸과 마음이 지쳤어. 방학이 되어 다시 이곳에 왔을 때 무척 좋았어. 마음이 평안해졌어. 그러다 나를 몰라보겠다는 사람들을 보게 되면서 다시 불끈 내 안에서 뭔가가 솟아올랐어. 사람들이 친절하게 대해 주면 다 내가 날씬해서 그런 것 같았어. 며칠 전에는 비가 갑자기 쏟아져서 막 뛰어가는데 어떤 남자애가 우산을 같이 쓰자고 하는 거야. 그때 고맙다는 생각보다 '아, 내가 날씬해서 이런 대접도 받는구나' 하는 생각이 들었어. 내가 만약 뚱뚱했어도 나한테 우산을 같이 쓰자고 했을까?

나는 아닐 거라고 생각해. 내가 뚱뚱했다면 절대 우산을 같이 쓰자고 하지 않았을 거라고. 내면의 아름다움이 중요하다고? 개뿔. 중요한 건 보여지는 거야. 예쁘고 날씬해야 돼. 그래야 대접받아.

너도 더 크면 알게 될 거야.

네가 날씬한 게 얼마나 축복받은 일인지. 아닐 것 같지? 장담하건대, 진짜야.

이곳에 다시 돌아오고 나서 아침을 든든히 먹게 되니까 다시 식욕이 막 오르더라고. 음식을 보고 이건 독약이다, 나를 망치는 독약이라고 최면을 걸려고 했지만, 자꾸 먹고 싶어졌어. 여태껏 참았던 식욕이 폭발하는 듯했어. 너는 모르겠지만, 너 잘 때 몰래 나가서 치킨 한 마리를 먹어 치운 적도 있어. 다 먹고 나면 그렇게 내가 싫을 수가 없었어. 그 남자애가 서울에서부터 나를 찾아와 '이 돼지야!' 하고 소리 지를 것만 같았어. 그래서 식욕 억제제를 사게 된 거야.

그걸 먹으니까 확실히 몸은 무기력해졌지만 식욕은 억제됐어. 가끔 몽롱해지기도 했지만, 그 정도 몽롱함은 참을 수 있었어. 시험 성적을 잘 받기 위해 잠을 참는 것과 같은 거지. 노력을 해야 돼. 내 인생에 노력 없이 얻는 건 없었으니까.

식욕 억제제도 내 노력의 일환이야. 그렇게 봐 주면 안 될까?

나는 이제 거울을 보는 것도 두려워. 거울을 볼 때마다 내가 뚱뚱해져 있을 것만 같아서……. 내가 왜 이런 이야기를 하는 거지? 나는 날씬해져서 너무 좋고, 더 날씬해지기 위해 노력할 건데. 근데 왜 너한테 자꾸 주저리주저리 하는 거지?

나 괜찮아, 정말 괜찮아.

더 살을 빼면, 정말 누가 봐도 '와, 진짜 날씬하다'라는 말이 나올 정도로 날씬해지면 다 괜찮아질 거야. 문제는 내 살이지, 내가 아니야.

참! 그 남자애한테 어제 연락 왔어.

서울 언제 올라오냐고.

아마 내가 날씬해져서 나한테 관심이 생겼나 봐. 걔가 사귀자고 해도 절대 사귀지 않을 거지만, 걘 내 인생에서 절대 중요한 애는 아니지만, 그래도 그런 문자를 받으니 기뻤어. 물론 답장은 하지 않았어.

내가 여기서 다시 뚱뚱해진다면 아마 걔는 다시 그런 말을 하겠지? 사귀자고 해도 절대 안 사귈 거라고. 돼지 같다고. 난 절대 다시는 그런 말을 듣지 않을 거야. 그러니까 날 어떻게 하겠다는 생각은 버려. 난 절대 다시 뚱뚱해지지 않을 거야. 노력하면 지금보다 더 날씬해질 수 있어."

언니는 정말 미쳤다.

결단을 내리는 수밖에 없다.

나는 흘러내리는 눈물을 이불에 닦았다. 내일 아침 눈을 뜨면 엄마에게 달려가겠다고 다짐했다.

***

다음 날 엄마에게 언니의 상태에 대해 이야기했다. 흥분하고 싶지 않았는데 자꾸 눈물이 나와서 손바닥으로 눈물을 훔쳐야 했다. 다 말하고 났더니 엄마가 나를 꼭 안아 줬다. 그 순간 엄마에게 말하길 잘했다는 안도가 들었다.

엄마는 내 생각과 달리 언니에게 소리 지르지도 않았고, 화를 내지도 않았다. 차분히 며칠간 생각을 하더니 다음 학기에 휴학을 하라고 했다. 언니는 자기가 왜 휴학을 해야 하냐고 따졌지만 엄마가 생활비를 주지 않겠다고 하니 어쩔 수 없이 따랐다. 정신과 치료는 아직 시작하지 않았지만, 엄마가 여기저기 상담 센터를 알아보는 듯했다.

학교를 쉰다고 생각하니 언니의 마음이 평안해진 듯했다. 언니의 남자 동기들은 대부분 다음 학기에 군대를 간다고 하니, 언니가 복학할 때쯤에는 아마 학교에 없을 것이다.

엄마는 언니에게 아침을 먹기 싫으면 먹지 말라고 했다. 감시하지도 않겠다고. 그 대신 약은 먹지 않았으면 한다고 했다.

"지금도 충분히 날씬해, 지금 상태에서 살찌는 게 죽기보다 싫다면 엄마도 네가 여기서 더 살이 안 찌도록 도울게. 그 대신 하나만 약속해 줘. 널 해치지 마. 널 조금도 소중하게 생각하지 않는 사람들 말고, 널 소중하게 생각하고 사랑하는 사람들의 말에 조금 더 귀 기울여 줘. 거울을 보고 네 스스로 말해. 넌 지금도 충분히 예쁘다고. 네가 그 말을 할 때마다 네 귀에 누군가 큰 소리로, 아마 확성기를 켠 듯한 데시벨로 '넌 돼지야!' 하고 말하겠지만 그 말이 들릴 때마다 네 스스로 '난 충분히 예뻐.' 하고 말해 줘. 엄마도 매일 싸워. 남편 잡아먹은 년이라고 하는 사람들의 수군거림과 말이야. 그런 소리가 들리면 솔직히 다 그만두고 싶어. 전혀 괜찮지 않아. 그러나 그럴 때일수록 엄마는 더 큰 소리로 말해. '아, 남편 없이 애들을 이렇게 잘 키워 왔구나! 나 정말 대단하다! 여보, 나중에 보면 수고했다고 말해 줘.' 하고 말이야. 늘 남의 말과 내 말이 싸우지만, 엄마는 싸우는 걸 포기하지 않을 거야. 나까지 나를 비난할 수는 없잖아. 가뜩이나 살기 힘든데 나까지 나서서, '맞아, 넌 남편 잡아먹은 년이야.' 할 수는 없잖아. 나는 내가 가여워. 너도 너를 좀 가여워해 주면 안 될까?"

엄마의 말에 언니가 펑펑 울었다. 나도 눈물이 났다. 그러나 엄마의 말에 울었다고 해서 언니의 마음이 한순간에 변하지는 않았다. 그래도 엄마가 해 준 말을 포스트잇에 써서 책상에 붙여 놓기도 하고 가끔 거울을 보면서 "괜찮아, 괜찮아." 하기도 했다. 노력을 시작한 거다.

언니가 "괜찮아, 괜찮아." 할 때마다 내 마음의 상처도 조금씩 여

물어 갔다. 포크레인으로 퍼낸 것처럼 깊은 상처도 언젠가는 치유가 될까? 앞으로 내 인생에, 언니 인생에 얼마나 많은 상처가 새겨질까?

이제 열여섯, 내 앞에 펼쳐진 인생이 두렵지만 그래도 나는 내 자신에게 괜찮다고 말해 주는 사람이 되고 싶다.

작가님, 안녕하세요.

지난번 메일은 참 감사드립니다. 답장이 너무 늦었지요? 한 달 정도 지난 것 같네요. 여름 방학이 끝나고 학교에 간 지 벌써 일주일이 지났어요. 아침에는 꽤 쌀쌀한데 또 오후가 되면 여름처럼 덥네요. 이런 걸 환절기라고 한다던데, 제 인생도 환절기를 지나고 있는 것 같아요. 아침에는 절망스러웠다가 따뜻한 햇살이 온몸을 감쌀 때면 다 잘될 거라는 생각이 들어요. 이번 학기만 지나면 이곳을 떠난다고 생각하니 섭섭한 마음 반, 후련한 마음이 반이에요.

아니, 생각해 보니 거짓말이에요. 후련한 마음이 한 99퍼센트이고 섭섭한 마음은 1퍼센트도 채 안 되는 것 같아요. 얼른 이곳을 벗어나고 싶어요. 언니가 서울 이야기를 할 때마다 부아가 치밀거든요. 누가 보면 서울이 아니라 뉴욕으로 대학 간 줄 알겠어요.

물론 궁금해하시는 이야기는 이게 아니란 걸 알고 있습니다.

우선, 방학 숙제이기도 했던 자신의 자아를 가장 잘 표현해 줄 수 있는 사물을 찾아오라는 숙제에 제가 뭘 제출했는지 말씀드릴게요.

바로 거울이에요.

이번에 언니를 보면서 느낀 게 있어요. 자기 모습을 똑바로 보기가 얼마나 어려운지요. 저도 담임 선생님이(국어 선생님이 저희 반 담임 선생님이에요.) 저를 향해 "인혜는 다 예쁜데 코가 너무 커서 균형이 안 맞아."라고 한 후에는 거울을 볼 때 코만 보이거든요. '코 큰 게 어때서?'라고 항변해 보지만 솔직히 그 말을 들은 직후에는 그 말만 떠올라서 코 수술을 하고 싶기도 했어요. 그래도 계속해서 '코 큰 게 어때서?' 하고 생각하다 보면 나중에는 두 개의 목소리가 서로 비등비등해져요.

언제까지 제 자신과 싸워야 할까요?

그래도 이왕 시작한 싸움, 지고 싶지는 않아요.

저는 자아라는 개념에 대해서는 잘 모르지만, 저라는 사람을 잘 표현할 수 있는 사물이 거울인 것 같아서 거울을 가져갔어요. 거울을 똑바로 바라보겠다는 의미로요. 담임 선생님한테 칭찬까지 받았어요. 지난번 뉴스 숙제(하, 이걸 설명하자면 긴데요, 할아버지가 하는 말을 그대로 써 갔다가 혼났어요.)처럼 남의 생각을 빌려 오는 대신 스스로 생각해서 답을 찾아온 정성을 높이 산다고요. 그러나 하나도 기쁘지 않았어요. 선생님이 뉴스 숙제를 다시 언급함으로써 잊고 싶었던 제 별명 빨갱이가 다시 언급되기 시작했거든요. 애들이 "야, 저기 빨갱이 지나간다." 할 때마다 정말 죽고 싶어요. 담임 선생님은 대체 왜…….

얼른 이곳을 떠나는 수밖에 답이 없는 것 같아요.

그곳엔 제 별명을 아는 사람이 한 명도 없겠죠? 아무도 저를 모르는 곳으로 얼른 떠나고 싶을 뿐이에요.

작가님 그동안 정말 감사했습니다.

이 메일을 마지막으로 작가님을 더 이상 귀찮게 해 드리고 싶지 않습니다. 마지막 인사는 받은 것으로 할 테니 답 메일을 보내야 한다는 부담은 떨치시길 바랍니다.

더 이상 작가님께 답장은 없겠지, 생각하고 있었는데 얼마 지나지 않아 메일이 왔다.

메일을 받고도 답을 하지 않는 것은 예의가 아닌 것 같아서 짧게 답변합니다.

국어 선생님의 그런 성향에 대해서는 언급하지 않아도 익히 알고 있었습니다. 국어 선생님을 비난하는 건 아니지만, 어쨌든 눈치가 없다는 건 팩트인 것 같네요. 물론 저는 더 이상 그 숙제에 대해 생각하고 있지 않습니다. 기꺼이 오해를 받겠다는 입장인 거죠. 가끔 밤에 자다가 깨서 그 오해에 대해 생각하지만 그렇다고 뭐가 달라질까요?

솔직히 거의 잊고 있었는데 인혜 학생이 굳이 메일로 숙제에 대해 언급하는 바람에 다시 생각났네요. 인혜 학생에게 뭐라고 하는 건 아니니 오해하지 마세요.

숙제로 거울을 가져간 건 정말 잘한 선택 같아요. 우리는 우리를 제대로 보기 어렵죠. 남들이 하는 말에 휘둘려 자꾸 스스로를 깎아내리기에 바빠요. 제 첫 번째 소설에 대해서도 이러쿵저러쿵 말이 많은데 저는 전혀 신경 쓰지 않아요. 정말이에요.

항상 생각하죠. 아, 독자 '한 명'의 생각일 뿐이라고. 전 묵묵히 제 소설을 쓸 뿐이죠.(물론 그 한 명 외에 많은 분들의 비판을 받긴 했습니다. 평론가 K, 당신, 지켜볼 거야.)

인혜 학생도 앞으로 살아가면서 여러 가지 말들을 들을 거예요. 그때마다 자신을 의심하고 시험하게 되겠죠. 아마 많이 힘들 거예요. 가끔은 그게 진실처럼 느껴지니까요. 그럴 때마다 이번 일을 떠올리며 잘 이겨 내길 바랄게요.

고통이 멎게 해 달라고 기도하지 말고 고통을 이겨 낼 가슴을 달라고 기도하게 하소서.

이런 기도문이 있어요. 저는 이 말을 참 좋아해요. 고통이 찾아오지 않기를 바라는 건 불가능해요. 그러나 그 고통이 찾아왔을 때 그 고통을 어떻게 대할지는 우리가 선택할 수 있어요.

인혜 학생도, 인혜 학생의 언니도 엄마를 닮아 참 강인한 사람들이라는 생각이 들어요. 앞으로 삶의 여러 문제들을 잘 이겨 낼 거라 믿어요. 인혜 학생을 알게 돼서 참 좋았어요. 늘 몸과 맘이 건강하길 기도할게요.

지
킬
박
사
와
하
이
드

세상은 불공평해

 이태리 작가님께

안녕하세요? 저는 거산중학교 3학년에 재학 중인 강현우라고 합니다. 이렇게 불쑥 메일을 드린 이유는 이번 방학 숙제를 통과하지 못했기 때문입니다. (솔직히 대학 입시에 도움도 되지 않는 이런 숙제를 왜 내 주는지 이해가 가지 않습니다. 그렇다고 작가님을 원망하는 건 아니니 오해 없길 바랍니다.) 저희 반이 서른다섯 명인데, 숙제를 해 온 사람은 스무 명, 그중 통과하지 못한 사람은 저밖에 없습니다.

솔직히 저는 선생님이 무슨 기준으로 통과를 시키고 안 시키는지 이해할 수 없지만, 그건 선생님의 영역이기 때문에 제가 판단할 수는 없겠지요. 선생님이 숙제를 다시 해 오라고 하기에 고민하고 있었더니 인혜가 이태리 작가님께 메일을 보내 보는 건 어떠냐고 하더라고요.

인혜하고는 같은 동네에서 태어나 지금까지 같은 학교에 다니고 있습니다. 저희 사이가 특별한 게 아니라 거산군에 사는 대부분의 아이들이 그래요. 같은 어린이집, 같은 유치원, 같은 초등학교, 같은 중학교……

촌에서 학창 시절을 보낸다는 건, 1년에 한두 명 전학 오는 애 말고는 전혀 새로운 친구를 사귈 수 없는 환경에서 시간을 보내는 것과 같습니다. 늘 똑같은 사람들에 둘러싸여 나이를 먹어 가는 것이죠. 길거리에서 만나는 대부분의 사람들이 아는 사람이라는 건 참 무섭고 지겨운 일입니다. 아, 작가님도 시골에서 자랐다고 하셨으니 이런 제 마음 아시겠죠?

우선 제가 숙제로 제출한 게 뭔지 말씀드리겠습니다.

저는 바닷물을 가져갔어요. 파란색 컵과 빨간색 컵에 각각 바닷물(이라고는 하지만 사실 수돗물이죠. 이곳에서 바닷물을 구하려면 차 타고 세 시간을 가야 합니다.)을 담아 갔어요.

네, 알아요. 책을 그대로 따라 한 거죠. 근데 책에 정답이 있는데 왜 꼭 다른 걸 찾아야 하나요? 전 작가님이 책에서 묘사하신 자아 개념에 전적으로 동의합니다. 그래서 굳이 다른 걸 생각하지 않은 거예요. 왜 수능 만점 받은 선배들 인터뷰 보면 "교과서에 나오는 대로 했습니다."라고 하잖아요. 저도 마찬가지였어요. 책에서 답을 찾았죠. 근데 그게 왜 잘못인가요? 하, 정말 담임 선생님을 이해할 수 없습니다.

인혜도 그러더라고요. 이태리 작가님도 담임 선생님 엄청 싫어한다고요. 다른 사람 입장을 전혀 생각하지 않고 행동하는 모습에 질린 듯하다고요. 우리 반에서 담임 선생님 좋아하는 애는 아마 없을 거예요. 제가 애들한테 "야, 이태리 작가님도 담임 선생님 엄청 싫어한대." 이러니까 애들도 다 이해한다고 하더라고요. 그러니 작가님도 너무 마음 쓰지 마세요.

선생님이 제 숙제를 되돌려 보내면서 하신 말씀이 숙제는 남의 생각을 빌려 오는 게 아니라 자기의 생각대로 해 와야 된다, 인혜를 봐라, 지난번 숙제 때는 남의 생각을 빌려 와서 빨갱이라는 별명을 얻지 않았느냐, 그런데 이번 숙제는 자기가 고민해서 답을 얻었다, 자신의 자아를 대신할 사물로 거울을 가져왔는데 얼마나 멋지냐고 하시더라고요. 선생님은 칭찬이라고 한 건데, 선생님이 빨갱이라는 말을 다시 언급함으로써 겨우 잊혔던 인혜의 별명이 다시 언급되기 시작했어요. 인혜가 씩씩거리면서 괜히 숙제 열심히 했다고 화내더라고요. 걔는 상업 고등학교에 입학할 예정이라 성적에 별로 관심이 없어요. 이번엔 웬일로 큰맘 먹고 숙제해 왔는데 선생님이 그런 식으로 말하니까 짜증 난 것 같더라고요.

아무튼 선생님이 다음 주까지 숙제를 다시 해 오라고 했는데 저는 머릿속에 아무 생각도 떠오르지 않습니다. 작가님, 혹시 도와주실 수 있을까요? 작가님이 추천해 주시면 담임 선생님이 뭐라고 하지는 못할 거라고 생각합니다. 아무거나 추천해 주시면 돼요! 사물이 중요한 게 아니라 작가님이 추천했다는 게 중요하니까요.

그리고 인혜가 그러는데 작가님이 아무래도 인기 작가가 아니라서 시간이 많은지(제 말이 아니라 인혜 말이에요.) 메일 보내면 답장을 엄청 자주, 길게 하니까 각오하고 보내라고 하더라고요. 전 글쓰기를 좋아하는 편이라 메일 자주 보내셔도 상관없습니다. 인혜는 공부나 글쓰기, 독서 이런 거에 전혀 관심 없는 애거든요. 비난하는 게 아니라 사실이 그래요. 그리고 이 말도 했어요. 숙제를 낸 사람이 누구인지 절대 언급하지 말라고요. 전 숙제를 누가 내 줬는지 정말 상관없습니다.

……그리고 이건 숙제와는 상관없는 이야기인데요, 제가 어떤 진실, 그러니까 사실을 알게 되었어요. 그 사실을 말하는 것이 잘못된 일일까요?

거짓말도 아닌데……. 숙제에 비하면 아주아주 사소한 궁금증이니까 그냥 무시하셔도 됩니다.

그럼.

현우는 메일을 보내자마자 마지막 말을 괜히 썼다는 자책이 일었다. 아니, 사실을 말하는 게 뭐가 어때서! 내가 거짓말을 하는 것도 아닌데. 이태리 작가님이 뭐라 하든 난 말할 거다. 현우는 혼자서 구시렁거렸다.

숙제를 그냥 하지 말까 싶다가도 그럼 수행 평가 점수가 얼마나 낮게 나올지 눈에 보이기 때문에 안 할 수도 없었다. 숙제 따위 안 해도 그만이라고 말할 수 있으면 얼마나 좋을까? 현우는 공부 쪽으론 완전히 포기한 친구들이 부러운 한편, 그런 애들의 미래는 뻔한 게 아닌가 하는 생각을 했다.

현우는 부모님의 영향인지, 올림픽에서 금메달을 따거나 축구 스타가 되는 등 예체능으로 최고가 되지 않는 한 공부를 열심히 하는 게 안정적인 미래를 만드는 데 가장 중요하다고 생각했다. 현우의 아빠는 공무원, 엄마는 초등학교 선생님인데 늘 '안정적'인 것을 가장 중요하게 여겼다. 점점 고용 지표가 낮아지고, 살기 어려워지기 때문에 '안정적'인 직업을 얻어야 한다는 것이다. 현우는 스마트폰으로 카톡을 하거나 계좌 이체를 할 때면 '세상 살기 참 좋아졌어'라는 생각이 들었지만, 한편으로는 세상 살기가 점점 어려워진다고 말하는 엄마의 말을 이해할 수 있을 것 같았다.

세상은 점점 좋아지지만, 그 좋은 것을 누리고 살기는 어렵다는 뜻일 것이다. 현우는 서울대에 가고 싶다거나 세계적인 작가, 올림픽 금메달리스트가 되고 싶다는 비현실적인 목표는 세우지 않았다. 목표는 중산층! 엄마, 아빠만큼만 사는 것이다. 그러려면 공부를 잘해야 한다. 거산군에서 전교 10등 안에 드는 것은 서울에 있는 학교에서 전교 10등 안에 드는 것과 천지 차이다. 그러니 전교 10등 안에 든다고 자만하지 않고 더 열심히 노력하는 수밖에 없었다.

그런데 2학기 성적에 반영되는 국어 수행 평가에서 리젝트를 당한 것이다. 리젝트란 숙제를 안 해 온 거랑 마찬가지의 점수, 최하점을 받는다는 뜻이다. 2학기 성적은 고등학교 입시와는 전혀 관계없지만, 그래도 학생 기록부에 어처구니없는 성적을 남기고 싶지는 않았다.

수수수수수양

이럴 수는 없지 않은가.

현우는 다음 주까지 어떻게 해서든 선생님이 아! 하고 박수를 칠 만한 사물을 찾아가기로 다짐했다. 그러기 위해서 혹시나 선생님이 또다시 리젝트할 것에 대비해 이태리 작가님을 이용하려는 것이다. 이태리 작가님이 괜찮다고 한 내용을 프린트해 가려는 계획이었다. 사실 방금 보낸 메일은 미끼였다. 이렇게 친해져서 나중에 '이거 어때요?' 하고 물어본 후에 '좋아요.'라는 답변을 받으려는 것이다. 그리고 선생님이 '이건 아니야.' 하면 짜잔 하고 내밀려는 심산이었다.

소설을 직접 쓴 이태리 작가님도 괜찮다고 했는데요? 그럼 아마 선생님은 한마디도 하지 못할 것이다.

– 왜 안 와?

메일을 다 보내고 침대에 누워 시간을 보내는데 윤성훈에게 카톡이 왔다. 윤성훈은 같은 반 친구다. 피시방에 가서 게임을 같이 하자는 것이다.

– 기다려, 새꺄.

현우는 카톡을 하면서도 안 간다고 말하지 못하는 자신이 한심했다. 현우는 게임을 그다지 좋아하는 편이 아니었다. 세상에는 남자라면 다 게임을 좋아한다는 이상한 편견이 있다는 걸 알고 있지만, 어디에나 예외는 있다. 현우는 왜 가상 세계에 시간과 돈을 들이는지 이해할 수 없었다. 재미라도 있으면 다행이지만, 모니터를 향해 총을 쏘면서도, "나는 누구? 지금 어디?" 하는 말을 내뱉지 않을 수 없었다.

그런데 왜 게임을 하자는 윤성훈의 제안을 거절하지 못하냐고?

그건 딱 하나, 윤성훈을 감시하기 위해서다.

윤성훈은 작년 겨울 방학 때 거산군에 이사 왔고, 전학은 3학년 1학기에 왔다. 인천에서 살다가 어떤 이유로 거산군에 온 것이다. 시골에서 도시로 전학 가는 경우는 많아도 도시에서 시골로 전학 오는 경우는 거의 없다. 굳이 말하자면, 거의 다 금전적인 문제 때문이다. 사업이 갑자기 잘되어서 시골로 전학 오는 경우는 없다는 말이다. 이곳에 살다가도 갑자기 사업이 잘 풀리거나 유산을 많이 상속받거나 뜻밖의 일로 돈이 생기면 거의 다 도시로 나간다. 현우가 다니는 수학 학원 선생님 말로는, 자신이 중학생일 때 아이엠에프(IMF)가 터졌는데 1년에 한 명 전학 오던 학교에 한 달에 서너 명씩 전학을 왔다고 했다. 이유는? 당연히 부모님께서 실직했기 때문이다.

윤성훈의 경우도 그럴 거라고 생각했다. 그런데 최근에 그게 아니란 걸 알게 됐다. 아니, 그것도 맞지만 더 큰 이유가 있었다. 그 사실을 알고 나자 현우는 윤성훈을 감싸 줘야겠다는 생각보다는 소문내고 싶은 욕구에 시달렸다. 나쁜 놈, 의리 없는 놈이라고 해도 어쩔 수 없다. 그게 사실이니까. 그러나 영화 속 악당들도 제 나름의 이유가 있는 것처럼 현우도 그랬다.

현우는 윤성훈 때문에 태어나서 처음으로 세상이 불공평하다는 걸 깨달았다.

출발선이 다른 경기, 인생

사람은 노력한 만큼 얻는다.

하늘은 스스로 돕는 자를 돕는다.

잠을 자면 꿈을 꾸지만 공부하면 꿈을 이룬다.

현우가 가장 좋아하는 표어들이다.

가난한 부모를 둔 친구들을 볼 때면 게으른 부모 만나서 고생이
많다고 생각했고, 성적이 나쁜 친구들을 보면 저렇게 살다가는 어떤
꼴로 살지 눈에 뻔하다고 생각했다. 또한 나는 저렇게 살지 말아야
지, 나는 우리 부모님처럼 열심히 노력해서 안정적으로 살아야지 하
고 다짐했다. 노력만 하면 그렇게 될 수 있을 거라고 생각했다.

그런데!

현우 앞에 윤성훈이 나타난 것이다. 윤성훈으로 말할 것 같으면
정말 단 한 시간도 공부하는 꼴을 못 봤다. 본인 말로는 시험 전날에
는 한두 시간 정도 공부를 한다는데, 시험 전날 굳이 같이 있어 본

바에 따르면 10분에 한 번씩 일어나서 화장실 갔다, 음료수 먹었다, 스마트폰 봤다가 난리도 아니었다. 일부러 공부 안 하는 척, 머리 좋은 척하려고 그러나 싶어서 굳이 친해져서 매일매일 같이 지냈는데 아무리 꼬아서 생각해도 일부러는 아니었다.

우리 학교 전교 1등은 김태우인데, 얘는 정말 쉬는 시간까지 아껴가며 공부하는 독종이다. 현우는 일찌감치 자신은 김태우처럼 공부할 수 없다는 걸 깨닫고 포기한 상태였다. 즉, 자신이 모든 과목에 만점이 아닌 건 만점 받을 만큼 노력을 하지 않아서라고 생각하고 있었다.

자판기에 900원을 넣고 포카리스웨트를 누르면 포카리스웨트가 나오고, 800원을 넣고 칠성사이다를 누르면 칠성사이다가 나오는 것처럼 아주 명확한 세계! 그것이 성적의 세계였다.

그런데!

윤성훈은 아무 노력도 없이 올백을 거저 맞는다. "너 공부 안 했다면서 이건 어떻게 알았어?" 하고 물으면 "이거 수업 시간에 역사 쌤이 말해 줬잖아." 하고 만다. "그걸 기억한다고?" 윤성훈은 아무런 미동도 없이 고개를 끄덕인다. 아니 오히려 반문한다. "넌 기억 못 해?"

못 해! 못 한다고! 이 재수 없는 새끼야!

– 너 진짜 안 오냐?

– 나 갑자기 배 아파서 못 갈 것 같아.

– 미친.

현우는 카톡을 닫으면서 자신의 머리를 쥐어뜯었다. 그래도 공부하겠지, 몰래라도 하겠지, 뭔가 비법이 있겠지, 시험지를 훔쳤나? 따위를 생각하며 지난 반년간 윤성훈을 관찰한 결과, 이제는 자포자기의 심정이다.

현우가 이때까지 믿었던 어떤 세계를 윤성훈이 완전히 무너뜨렸다. 나는 내가 믿었던 세계가 옳다는 걸 어떻게든 증명해 낼 것이다. 만약 그게 되지 않는다면 윤성훈을 무너뜨릴 것이다. 현우는 주먹을 불끈 쥐었다.

안녕하세요? 현우 학생. 이태리 작가입니다.

헉. 인혜의 말은 진짜였다. 메일 보낸 지 한 시간도 되지 않아 작가님께 답 메일이 왔다. 미디어에서 본 작가들은 입에 펜을 문 채 양손으로 머리를 잡아 뜯으며 창작의 고통 때문에 괴로워하던데 이태리 작가는 종일 메일만 들여다보고 있는 모양이다.

내년에 출간될 소설 퇴고 작업 때문에 정신이 없어 답을 하지 않으려다 궁금해서 못 참겠어서 이렇게 답 메일을 보냅니다.

진실과 사실은 비슷해 보이지만 쓰임이 아주 다른 단어예요. 예를 들어 국어 선생님이(국어 선생님이 현우 학생 반 담임인 거죠?) 제 강연 도중 불쑥 자아와 관련된 사물을 찾아오라고 숙제를 내 준 건 사실이에요. 그러나 그 때문에 제가 지난 두 달간 무척이나 고통을 받았다는 건 진실이죠. 이해가 되나요?

근데 현우 학생이 보낸 메일을 잘 살펴보면 처음에는 진실이라고 했다가 바로 사실이라는 단어를 씁니다. 아마 진실과 사실 그 사이에 어떤 비밀이 숨겨져 있겠죠.(놀라지 마세요. 이 정도 추리는 저에게 누워서 떡 먹기예요.) 만약 남이 밝히고 싶어 하지 않는 비밀이라면, 그게 진실이거나 사실이라 할지라도 밝히지 않는 게 도덕적으로 올바른 일 아닐까요?

그리고 앞에서도 말씀드렸다시피 저 내년에 책 출간합니다. 두 번째 장편 소설이고, 엄청 큰 출판사에서 나옵니다. 그러니 인혜 학생이 했다는 말, '인기 작가가 아니라서 그런지 시간이 많은가 봐.'라는 말은 사실도 아니고 진실도 아닙니다. 제가 부족함은 있지만, 그래도 최선을 다해서 인혜 학생의 고민에 응답해 줬는데 이런 식으로 뒷담화를 했다는 데서 자괴감을 느낍니다. 그러나 이건 인혜 학생과 저의 문제이기 때문에 여기서는 더 이상 언급하지 않겠습니다.

메일을 먼저 보낸 사람으로서 저의 궁금증에 대해 답할 의무가 있음을 알려 드리며, 메일을 마칩니다.

현우는 메일을 읽으면서, 강당 한가운데에 서서 모기만 한 목소리로 강연을 하던 이태리 작가를 떠올렸다. 마이크 데시벨을 가장 높은 단계까지 올렸는데도 목소리가 너무 작아서 담임 선생님이 통역 아닌 통역을 해 줘야 했다.

　소심하고 조용한 사람인 줄 알았는데 역시 작가답게 글로는 말을 엄청 잘하는구나. 인터넷에서만 보던 키보드 워리어를 실제로 보는 듯했다. 그나저나 비밀이라는 건 어떻게 추리했지?

　현우가 알게 된 비밀이란 건 윤성훈이 이사 온 진짜 이유다. 만약 이 사실이 학교에 알려지게 된다면 윤성훈은 더 이상 학교에 다니지 못할 것이다. 윤성훈이 아무리 긍정적이고, 앞뒤 생각 안 하는 애라고 할지라도!

　─ 집 앞. 나와.

　끈질긴 놈.

　현우는 슬리퍼를 신고 털레털레 집 밖으로 나갔다. 그랬더니 윤성훈이 아파트 입구에 기대 있었다.

　"왜?"

　"약속 좀 지켜라. 넌 어떻게 된 애가 매번 그러냐."

　"뭐?"

　"햄버거 먹으러 가자. 고고."

　윤성훈이 현우의 어깨에 팔을 척 하고 얹었다.

　이 녀석은 알고 있을까. 내가 하려는 짓을…….

　"너 솔직히 말해. 혼자 몰래 공부하지? 머리 좋은 척하려고 일부러 거짓말하는 거지? 아무한테도 말 안 할게. 진짜 제발 말해 줘."

　"이 새끼 또 이러네. 그게 너한테 왜 그렇게 중요한데?"

　"납득이 안 되니까 그렇지. 공부를 안 하는데 전교 1등을 한다?

야, 그건 마치 김연아가 스케이트 한 번도 안 타봤는데 올림픽에서 금메달 딴 거 하고 같은 거 아니냐? 이해가 안 가잖아. 세상에는 상식이란 게 있어. 그 상식에 반하니까 그렇지!"

"나도 몰라! 그냥 시험지 보면 답을 알겠는데 어떻게 해! 그럼 아는데 일부러 틀리리? 너 납득시키게?"

윤성훈이 현우의 뒤통수를 세게 내리쳤다.

하, 정말 세상은 불공평한 것일까.

"난 너 안 믿어."

"믿지 마. 그래도 난 너 믿어."

"뭘? 내가 열심히 코피 터지게 공부해도 겨우 6등 하는 거?"

"세상에! 너처럼 꼬인 애 첨 본다."

"그럼 뭐?"

"그냥 투명해. 넌 네 딴에는 스스로 엄청 비장하고 그런 줄 알지만 뇌가 투명 창으로 만들어진 것 같아. 무슨 생각하는지 다 알 것 같다고."

그래? 그럼 내가 네 치부를 밝히려고 하는 것도 알겠네? 현우는 속으로 생각했다. 윤성훈이 씩 웃었다. 현우는 자신을 향해 천진하게 웃는 윤성훈을 보며 적개심과 죄책감을 동시에 느꼈다.

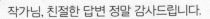

작가님, 친절한 답변 정말 감사드립니다.

마지막에 붙인 글 때문에 신경 쓰게 해 드려서 죄송합니다. 그건 중요한 문제가 아니니 더 이상 신경 쓰지 않으셔도 됩니다.

아, 그리고 제 자아를 표현할 사물로 유리창을 가져가려고 하는데 어떨까요? 인혜가 거울을 가져가서 칭찬을 받았잖아요. 우린 다른 사람의 말보다는 자신을 믿어야 한다, 자신을 똑바로 직시해야 한다, 이런 의미라고 했는데 그것과 마찬가지로 유리창을 가져가면 어떨까 하고요.

따라 하는 건 아니고, 뭐랄까, 빌려 오는 거죠, 정답을. 제가 유리창을 가져간다고 해서 인혜 수행 평가 점수가 깎이는 건 아니니까 인혜한테 피해 주는 것도 아니잖아요. 작가님께서 '그거 좋은 아이디어네요.'라고 한마디만 해 주신다면 제가 담임 선생님을 납득시킬 수 있을 것 같습니다.

존경을 담아 강현우가.

아침에 일어났더니 역시나 답 메일이 와 있었다. 현우는 교복을 입으며 스마트폰으로 답 메일을 확인했다.

안녕하세요? 이태리 작가입니다.

세상에는 예의라는 게 있습니다. 물어보지도 않았는데 굳이 말해서 사람을 궁금하게 했으면 그 궁금증을 해소시켜 주는 게 예의 있는 행동입니다.

이건 마치 끝끝내 범인을 알려 주지 않고 우리 모두 죄인이라고 하며 끝나는 추리 소설 같네요. 예의를 지켜 주길 다시 한 번 촉구합니다.

현우는 메일을 다 읽고도 핸드폰에서 눈을 떼지 못했다. 메일을 읽는 내내 인혜가 했던 말이 떠올랐다. "야, 메일 보낼 때 조심해. 마치 무심코 미로에 들어갔다가 이내 길을 잃고 출구를 찾지 못하는 것과 같아."라고 했었다. '또 과장하네.'라고 생각했었는데 그건 절대 과장이 아니었다.

현우는 이태리 작가를 이용만 하려고 했던 자신의 생각이 잘못된 것임을 직감적으로 깨달았다. 하나를 얻으려면 하나를 내줘야 하는 게 보통의 이치다. 이태리 작가를 이용하려면(그게 설사. 아주 가벼운 일이라도) 자신도 그에 해당하는 것을 내줘야 한다. 이번 경우에는 아마도 그게 '시간'인 것 같았다.

***

학교에 도착해 교실 문을 열자마자 인혜가 씩씩거리며 다가왔다. 그러더니 주먹 쥔 손을 어깨에 내리꽂았다.

"야, 뭐야?"

아프지는 않지만 이유도 없이 맞았기 때문에 기분이 나빴다.

"이것도 폭력이야. 폭력에는 크고 작은 게 없어."

"말은 잘하네."

인혜가 팔짱을 끼고 내려다봤다.

"뭐."

"너 뭐라고 말했어?"

"뭘?"

"이태리 작가!"

"야, 안 그래도 진짜 나 늪에 빠진 것 같아. 답 메일 계속 와!"

"너 네가 필요한 것만 취하고 쌩까려고 했지? 안 봐도 뻔해."

"내가 뭐?"

인혜가 피식 웃으면서 "내가 널 모르겠냐?"라고 했다. 현우는 수치심에 볼이 달아오르는 것만 같았다. 현우는 평소 자신의 머리를 과신했고, 남들을 교묘하게 이용하는 걸 남들이 모를 거라고 생각했는데 그건 자신만의 생각이었다. 친구들은 의식적으로나 무의식적으로나 현우의 그런 면을 파악하고 있었다.

"암튼 이제 너한테 절대 도움 안 줄 거야. 숙제 리젝트당하고 우울해하는 게 불쌍해서 이태리 작가님한테 메일 보내 보라고 도와줬더니 이렇게 뒤통수치냐?"

"그러니까 내가 뭘?"

"그건 네가 알겠지."

인혜가 손가락으로 현우를 가리키며 "배은망덕!"이라고 했다.

"배은망덕?"

인혜가 고개를 끄덕였다.

"어제 이태리 작가님한테 받은 메일 내용이야. 딱 네 글자! 그 외에 아무것도 없어. 나 이태리 작가님한테 담임이랑 동급이 된 거야."

현우는 자신이 인혜에 대해 뭐라고 썼는지 떠올렸고 이내 아차 싶은 부분이 몇 가지 생각났다.

"나 별말 안 했어."

"어쨌든 넌 아웃이야!"

"내가 메일에 다시 쓸게. 너는 아무 말도 안 했다고."

"됐어, 넌 그냥 가만있어. 뭘 하려고 하지 마."

인혜가 자신의 자리로 돌아갔다.

이태리 작가님께 메일을 보낸 게 과연 잘한 짓일까. 현우는 고개를 갸우뚱거렸다.

자리에 앉아 수업을 듣는데 곧 있을 중간고사 때문인지 아이들의 집중력이 한껏 올라가 있었다. 현우는 고개를 돌리다 윤성훈을 바라봤다. 윤성훈은 책상에 머리를 박은 채 자고 있었다. 또 게임하다가 늦게 잤겠지.

몇 달 전이었으면 밤새 공부했나 보다, 나도 열심히 해야지 하고 생각했을 것이다. 그러나 이제 안다. 정말 공부를 안 했다는 것을. 시험 보기 하루 전에 교과서를 쭉 읽어 보는 게 전부라는 것을. 한 번 읽으면 대부분 기억한다는 것을.

그러니까 자신과 다른 애들이 최초의 인류가 뭐고, 2차 세계 대전을 일으킨 나라는 어디인지 등을 죽어라 외우고 있을 때, 윤성훈은 그냥 쓱 읽어 보면 끝인 것이다. 누구는 다섯 개에 2천 원짜리 캔 커피를 사서 독서실 책상에 올려 두고 위가 쓰릴 때까지 마셔 가며 공부하는데…….

불공평해, 이건 정말 불공평해.

현우는 세상은 이러면 안 된다는 생각에 휩싸여, 아무것도 모르고 자고 있는 윤성훈을 한껏 노려봤다.

안녕하세요?

답 메일이 늦어서 죄송합니다.

학원 수업이 끝나고 집에 오니 벌써 시간이 이렇게 되었네요.

사실 정말 아무 의미 없이 덧붙인 내용인데, 작가님께서 이렇게 궁금해하실 줄은 몰랐습니다. 진실과 사실 사이에 비밀이 있을 것 같다는 작가님의 말씀은 맞습니다. 당사자가 밝히고 싶지 않을 테니 비밀이겠지요.

하지만 제가 그 비밀을 유포한다고 해서 거짓말하는 건 아니지 않을까요? 없는 사실을 지어내는 것도 아니고 있는 사실을 그냥 말하는 것뿐인데요.

작가님 그리고 이건 다른 이야기인데요, 세상은 참 불공평한 것 같아요. 저는 사실 제가 전교 1등이 아닌 건 전교 1등만큼 공부를 안 해서라고 생각했어요. 전교 1등만큼 공부하고 싶었지만 그렇게까지는 안 되더라고요. 전 우리 학교 전교 1등인 김태우를 정말 존경하고 인정해요. 전 독서실에서 거의 열 시면 집에 가는데 얘는 열두 시까지 공부하다 간다고 하더라고요. 독서실 주인아저씨가 말해 줬어요. 근데요, 이런 애를 밀어내고 1학기 기말고

사에서 전교 1등이 된 윤성훈은 인정할 수 없어요. 절대 인정 못 해요.(물론 전교 등수가 나오지는 않지만, 대략 전교 10등까지는 누구인지 알잖아요.)

아! 제가 너무 흥분한 듯해요. 중요한 건 이게 아니고요, 제가 일전에 말씀드린 유리창은 어떤가요? 유리창을 그대로 가져갈 수는 없으니까 유리창이 그려진 엽서를 가져갈까 하는데요……. 꼭 답변 부탁드릴게요.

P.S. 작가님, 뭔가 오해하시는 것 같은데요. 인혜는 작가님에 대해 좋은 이야기만 해 줬어요. 절대 나쁜 말은 한마디도 하지 않았으니까 오해하지 마시길 부탁드려요.

숙제를 제출해야 하는 날이 며칠 남지 않아서 현우는 조마조마해졌다. 유리창 좋아요. 이 한마디면 되는데 그걸 안 해 주고 자꾸 딴 이야기만 한다. 현우는 수학 문제집을 풀기 위해 문제집을 펼쳤지만 머릿속이 어지러워 아무것도 할 수 없었다.

이건 불공평해. 이런 세상에서 살고 싶지 않아.

현우가 자신의 머리를 쥐어짜고 있을 때쯤 역시나 답 메일이 왔다. 이태리 작가님은 24시간 컴퓨터 앞에 앉아 있다가 메일이 오면 바로 답장을 쓰는 게 분명하다.

역시나 제 질문에는 답을 안 해 줬네요.

그 비밀이 무엇인가요? 전 궁금한 게 있으면 잠을 못 자는 성격입니다. 벌써 며칠째 제대로 잠을 못 자고 있어 일상생활에 지장이 있으니 꼭 답변 부탁드려요.

그리고 세상은 참 불공평한 것 같다고 억울하다고 했는데, 맞아요! 세상은 불공평해요. 왜 세상이 공평해야 하나요? 공평한 건 피자 나눌 때만 지키면 됩니다.(현우 학생은 자기 몫을 재빨리 먹고, 아직 먹고 있는 상대방을 바라보는 등의 추잡한 행동은 하지 않겠죠?) 물론 공평하면 좋죠. 그렇지만 세상은 안 그런 걸 어떡하나요?

저와 같은 해에 태어난 탤런트로는 김태희가 있고, 저와 같은 해에 데뷔한 작가로는 조경희가 있어요.

제가 엄마 배 속에서 무슨 노력을 덜 해서 김태희보다 못생기게 태어났을까요? 자궁에서 발장구를 덜 쳤을까요? 그리고 저랑 같이 데뷔한 조경희 작가는 태어나서 처음 써 본 소설이 당선되었다고 해요. 두 번째로 쓴 소설로는 우리나라에서 가장 큰 문학상을 받았고요. 제가 조경희 작가보다 무슨 노력을 덜 했나요? 저로 말할 것 같으면 습작 기간이……. 휴, 말을 말죠. 이야기하다 보니 열 받네요.

세상은 불공평하고 우린 불공평한 걸 받아들여야 해요.

그렇다고 김태희가 나쁜 사람은 아니잖아요?(이기적인 외모이긴 하지만요.) 조경희 작가도 마찬가지예요. 천부적인 재능을 가지고 태어났을 뿐이지 무슨 사람을 죽였나요? 남의 재능을 도둑질했나요?(물론 조경희 작가 첫 번째 소설에 어린 시절 슈퍼에서 초콜릿을 도둑질했다는 내용이 있던데, 제가 봤을 땐 실제 경험담인 것 같아요.)

그냥 받아들여야 해요.

현우 학생 친구 중에 현우 학생을 열등감에 빠지게 하는 친구가 있는 것 같은데요, 아마도 그 비밀을 가진 친구겠죠? 여하튼 그 친구가 머리가 좋은 건 그 친구 잘못이 아니니 그 친구에게 복수할 생각은 안 하는 게 좋아요.

제가 김태희 집 앞에 가서 "세상은 불공평해!" 하고 절규한다고 생각해 보세요. 얼마나 웃기겠어요? 현우 학생이 느끼는 감정이 어떤 건지는 알지만, 자신이 그 감정을 느낀다고 해서 남을 해칠 권리는 없다는 걸 똑똑히 알아야 합니다. 현우 학생이 혹시나 그 친구를 아프게 할까 봐, 걱정돼서 덧붙여요.

P.S. 인혜 학생이 누구죠? 전 그런 사람 잘 모르니까 앞으로 국어 선생님과 더불어 언급을 삼가 주시면 감사하겠습니다.

세상은 불공평하다고? 그걸 받아들이라고? 절대 받아들일 수 없다. 윤성훈이 나타나기 전까지 현우의 세계는 공평했다. 윤성훈이 나타남으로써, 그 세계의 균형이 깨진 것이다.

……왜 이사를 와서는.

그래, 이사 올 수밖에 없었겠지.

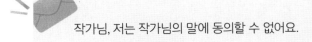

작가님, 저는 작가님의 말에 동의할 수 없어요.

현우는 어떤 전투적인 기분에 사로잡혔다. 세상이 불공평한 게 너무나 당연하다는 듯이 말하는 이태리 작가에게 따지고 싶었다.

걔가 왜 전학 온 줄 아세요? 걔네 아빠가 교도소에 갔기 때문이에요. 교도소요! 저희 엄마가 초등학교 선생님인데 걔 동생이 그 학교에 다녀서 알게 됐어요.

처음 그 이야기를 들었을 때의 충격이 떠올랐다. 엄마, 아빠가 소파에 앉아 텔레비전을 보면서 이야기를 나누고 있었다. 현우는 화장실에 가려다가 우연히 그 이야기를 들었다.

"우리 반에 얼마 전에 전학 온 애가 있는데 걔 때문에 걱정이야."

"뭐가?"

"전학 온 이유가 글쎄⋯⋯."

"그러니까 뭔데?"

"걔네 아빠가 교도소에 가면서 친정으로 온 거래."

"교도소?"

"사업이 부도나면서 빚을 못 갚았다나 봐."

"흔하지, 뭐. 그런 경우."

"애들이 상처를 많이 받은 모양이더라고. 첫째는 현우랑 같은 반이라던데?"

올 초에 우리 반에 전학 온 애는 딱 한 명밖에 없었다. 바로 윤성훈! 그때까지만 해도 윤성훈에 대해 특별한 감정이 없었으므로 안됐다고만 생각했다. 그런데 윤성훈이 모든 과목에서 만점을 받았다는 소문이 퍼지면서 정신이 번쩍 들었다. 윤성훈이 공부하는 모습은 단한 번도 본 적이 없었다. '설마, 사실이 아니겠지.' 하면서도 혹시나 싶어 성적표를 보여 달라고 했고, 윤성훈은 아무런 거리낌도 없이 성적표를 보여 줬다.

역시나는 역시나였다.

'혼자 몰래 공부하겠지.'라는 생각이 좌절된 후부터 머릿속에 교도소밖에 떠오르지 않았다. 어차피 쟤 아빠는 범죄자잖아. 교도소에 있잖아. 그걸 알고서도 애들이 쟤를 대단하다고 생각할까? 그게 소문이 나도 쟤는 흔들리지 않고 시험을 볼 수 있을까?

제가 그걸 밝히는 게 왜 나쁜 건가요? 거짓말도 아닌데! 걔는 아무런 노력 없이 1등을 했는데, 이 정도 시련은 필요하지 않나요? 전 떳떳해요. 지금이라도 당장 학교 전체에 소문낼 수 있어요. 전 할 거예요. 할 수 있어요.

현우는 메일을 보내자마자 후회했다. 좀 더 차분한 상태에서 답메일을 보냈어야 했는데 너무 흥분해서 자신이 뭐라고 썼는지도 기억이 나지 않았다.

현우 학생은 무슨 노력을 해서 선생님인 엄마를 뒀나요?

성훈 학생은 무슨 노력을 덜 해서 아빠가 교도소에 갔을까요?

성훈 학생 입장에서야말로 정말 억울하겠어요! 현우 학생이 아니라!

현우는 한숨도 자지 못했다.

윤성훈이 더 억울할 거라고? 어이없고 이해가 안 갔다. 아니, 걔가 인생에 억울할 일이 뭐가 있다고! 이태리 작가님을 이상한 사람으로 치부해 버리기로 결심했다.

생각해 보면 이상한 점이 한두 가지가 아니다. 감히 김태희랑 자신을 비교하는 것만 봐도 그렇다. 김태희는 우리나라 대표 미녀인데 (물론 블랙핑크 제니에 비하면 덜하지만) 비교를 하는 것 자체가 어불성설이다.

현우는 이태리 작가님한테 메일을 보내는 건 그만두고 자신이 생각하는 대로 행동하기로 했다.

***

"강현우!"

담임 선생님이 현우를 불렀다. 현우는 딴생각에서 가까스로 벗어났다. 현우는 유리창이 그려진 엽서를 들고 교단 앞으로 나갔다.

"저는 제 자신의 자아와 닮은 사물이 뭘까 고민한 끝에 유리창을 선택했습니다. 유리창을 가져올 수 없어 유리창이 그려진 엽서를 가져왔습니다. 제가 유리창을 선택한 이유는 인혜가 거울을 선택한 것과 같습니다. 남의 눈이 아닌 자신의 눈으로 자신을 바라보자는 의미입니다. 유리창에 비친 우리의 모습을요."

"가만가만."

선생님이 고개를 저었다.

"이건, 현우의 생각이 아닌 것 같은데?"

"제 생각입니다."

"아니야! 이건 현우의 생각이 아니야."

"진짜 제 생각인데요?"

선생님이 눈을 꾹 감고 고개를 저었다.

"아니, 제가 제 생각이라는데 왜 선생님이……."

"현우야, 인혜처럼 빨갱이가 되지 않으려면 남의 생각을 빌려 오는 대신 스스로 생각해서 숙제를 해 오는 게 좋을 거야."

선생님이 말이 끝나기도 전에 여기저기서 크큭거리는 소리가 들려왔다. 빨갱이래, 야, 빨갱이. 인혜 얼굴이 다시 당근처럼 붉어졌다. 인혜가 이곳을 떠나지 않는 이상 빨갱이란 별명의 굴레에서 절대 벗어날 수 없을 것이다.

"그리고 지난번 수학 올림피아드 대회가 있었죠? 우리 학교에서 대상이 나왔어요."

설마…….

"윤성훈!"

선생님이 윤성훈의 이름을 부르자 윤성훈은 정말 생각지도 못했다는 듯한 표정으로 고개를 들었다. 가증스러워.

"다들 축하 박수 한 번씩 쳐 주자!"

아이들이 박수를 치기 시작했다. 현우가 고개를 돌리자 김태우가 똥 씹은 표정으로 박수를 치고 있었다. 김태우도 억울하겠지. 카이스트 재학생한테 일주일에 한 번씩 수학 과외를 받는다고 들었는데, 대상은커녕 입상도 못 했으니 얼마나 속상할까.

윤성훈은 아무런 노력 없이 이런 결과를 얻었다. 김태우한테 말해 줄 거야. 현우는 이번에야말로 꼭 말하겠다고 다짐했다.

조금도 미안하지 않아!

현우는 의지를 불태웠다.

하교 시간이 되자 윤성훈이 현우에게 다가왔다. 피시방에 같이 가자고 했다.

"좋~겠다."

현우가 말했다. 윤성훈이 "뭐?" 하고 묻더니 "아!" 하고 웃어 넘겼다.

"너 솔직히 말해. 새벽 세 시까지 매일 공부하지?"

"또 시작이다."

"나한테는 솔직히 말해 줄 수도 있잖아."

"내 입으로 말하기 좀 그런데 내 아이큐가 좀 높나 봐."

윤성훈이 쑥스럽다는 듯이 머리를 긁적였다.

"엄마가 그러는데 머리 좋아서 성적 잘 나오는 것도 중학교가 끝이래. 고등학교 가면 머리 좋은 애들이 노력까지 해서 나 같은 날라리는 못 따라잡는다고. 근데 난 사실 공부가 그렇게 재밌진 않아. 프로 게이머가 되고 싶어. 근데 내가 아무리 열심히 해도 어느 정도 이상은 안 되더라고. 난 게임 잘하는 애들이 세상에서 제일 부러워."

"그깟 게임이 뭐라고."

"너는 그깟 공부가 뭐라고 공부 얘기만 나오면 나한테 이러냐?"

윤성훈이 툴툴거렸다.

"나는 공부 때문에 그러는 게 아니야. 세상이 불공평한 걸 받아들일 수가 없어서 그래."

"또 무슨 헛소리야!"

"노력한 만큼 얻는다, 그게 내 좌우명이야. 너 때문에 자꾸 그 좌우명이 사실이 아닌 것처럼 느껴진단 말이야."

"야, 그럼 삼성 이재용은 노력해서 이건희 아들로 태어났냐? 넌 여태까지 엄청 평탄하게 살았나 보다. 고작 '내가 더 열심히 공부했는데 성적 안 나와서 억울해.' 징징징. 야, 그렇게 따지면 나도 억울한 거 많아."

윤성훈이 입술을 꽉 깨물고는 먼저 교실을 빠져나갔다. 윤성훈이 정색하고 화내는 모습은 처음 봤다. 따라가서 잡을까 싶었지만, 그럴 마음이 들지 않아 가만히 있었다. 지가 억울할 게 뭐가 있다고. 아니 갖고 태어나는 거야 다 다른 건 인정한다고. 나랑 이재용이랑 출발선이 다른 건 이해해. 근데 내 말은 그게 아니잖아. 나는 그런 걸 말하는 게 아니라고. 나는 왜 내가 너보다 더 노력했는데 성적이 덜 나오느냐는 거야. 이건 다른 거라고!

현우는 분에 못 이겨 씩씩거렸다.

"야, 강현우!"

현우가 화난 채로 가방을 싸고 있었는데 김태우가 불렀다.

"너 그거 아냐?"

현우는 가방을 메며 "뭐?" 하고 되물었다. 아이들이 교실을 다 나가자 김태우가 굳이 두리번거리며 입을 뗐다.

"뭔데 그래?"

"윤성훈 있잖아. 너 걔랑 친하지?"

"그냥 그렇지 뭐."

"너 그거 아냐?"

"그러니까 뭐!"

현우가 인내심이 한계에 다다라 소리를 빽 질렀다.

"걔네 아빠 사우디아라비아인가 거기 일하러 갔다고 했잖아. 그거 개뻥이래."

"그럼?"

현우는 얼빠진 표정으로 되물었다. 김태우의 얼굴이 조금씩 상기됐다. 아니, 아까 윤성훈이 상을 받았다는 이야기를 들었을 때부터 이미 상기돼 있었다. 곧 폭발할 것만 같은 얼굴. 폭탄이 터지기 일보 직전의 얼굴이었다.

"그게……. 아마 너 깜짝 놀랄걸?"

"그러니까 뭐?"

"교도소 간 거래. 남의 돈 빼돌려서."

김태우가 현우를 유심하게 살피는 게 느껴졌다. 두 눈을 번뜩이며 말하는 김태우를 보는데 가슴 한편이 싸했다. 진짜 못났다는 생각 뒤로, 자신의 모습이 겹쳐져 김태우를 똑바로 볼 수 없었다.

"야, 그걸 네가 어떻게 알아?"

"그건 네가 알 거 없고."

"그럼 그걸 나한테 왜 말해 주는데?"

"재수 없잖아. 존나 공부 안 하는 척, 머리 좋은 척하는 게."

"머리 좋은 척하는 게 아니라 머리가 좋은 거야."

"친구라고 엄청 편드네."

김태우가 현우를 한참 노려보더니 먼저 교실을 나갔다.

아, 내일이면 교실의 모든 애들이 알게 될 텐데, 윤성훈이 이걸 감당할 수 있을지 모르겠다. 막말로 그게 윤성훈 잘못도 아니지 않는가. 부모를 선택할 수 있는 사람은 세상에 아무도 없을 것이다. 머리도 그렇겠지.

현우는 그제야 윤성훈이 아까 한 말의 의미를 조금 알 수 있었다. 윤성훈도 자신이 선택할 수 없는 어떤 상황 때문에 많이 힘들었을 것이다. 그렇다고 누군가에게 털어놓을 수도 없었겠지. 아빠가 교도소에 있다고 어떻게 말할 수 있을까. 윤성훈은 얼마나 외로웠을까.

종일 공부했는데도 도무지 수학 공식이 이해되지 않을 때 내가 느낀 외로움과 비슷할까. 아무렇지 않은 척 '이거 풀 수 있어?' 하고 윤성훈에게 문제집을 내밀었는데 얼마 고민하지도 않고 '아, 이거.' 하고 수학 문제를 푸는 너를 보았을 때의 나의 비참함을 너도 다른 방식으로 느꼈을까. 가령 누군가가 아빠에 대해 이야기할 때나 누군가 너에게 아빠에 대해 물어볼 때 말이다.

그렇다면 세상은 공평한 것이 아닐까.

모두 다 다른 방식의 외로움과 불공평함을 안고 사는 것일까.

현우는 대단한 비밀인 양 윤성훈의 아빠 이야기를 꺼낸 김태우를 떠올렸다. 그 섬뜩함을, 못남을, 지질함을. 마치 내 자신을 보는 것 같았다. 그래서 더 보기 싫었다.

현우는 도무지 이해할 수 없는 수학 공식을 앞에 두고 있는 것처럼 인생이 막막하게 느껴졌다. 노벨 물리학상을 받는 사람도 풀 수 없을 것처럼 어려운 수학 공식이었다.

열등감이라고요?

작가님, 작가님은 혹시 세상이 불공평하다고 느껴 보신 적 없나요? 김태희나 조경희 작가님 이야기 말고요. 전 윤성훈이 너무 부러워요. 정확히 말하면 윤성훈의 머리가요. 전 왜 머리가 좋게 태어나지 못한 걸까요? 물론, 윤성훈도 나름 힘든 점이 있다는 걸 알아요. 아빠가 교도소에 있는데 괜찮은 사람이 얼마나 될까요?

근데 제가 화가 나는 건, 그런데도 윤성훈이 부럽다는 거예요. 저 미친 거 같죠? 아, 정말 미쳤나 봐요. 아빠가 교도소에 갔는데도 말이에요. 부러우면서 짠하고, 짠하면서 화나고, 화나면서 안됐고. 저도 제 마음을 모르겠어요. 심지어 오늘은 김태우가 윤성훈 비밀 이야기를 했는데 좋아하기는커녕 오히려 윤성훈 편을 들었다니까요. 전 왜 이러는 걸까요? 마치 미로 속에 들어와 있는 것 같아요. 너무 혼란스러워요.

P.S. 근데 남의 나쁜 이야기를 전하는 사람의 얼굴은 왜 이렇게 못난 걸까요? 전 여태껏 김태우를 내심 존경했어요. 나는 저 정도로는 열심히 못

한다고 생각했거든요. 근데 오늘 참 초라해 보이더라고요. 작가님이 아니었다면, 아니 타이밍이 조금만 어긋났더라면 제가 아까의 김태우처럼 굴었을 수도 있었다고 생각하니 참 끔찍하더라고요.

현우는 이태리 작가님께 메일을 보낸 후 처음으로 새로 고침까지 하며 답 메일을 기다렸다.

현우 학생이 솔직하게 말했기 때문에 저도 솔직하게 말할게요. 당연히 그런 적 있어요. 현우 학생은 세상이 불공평해서 화가 난 게 아니에요. 물론 그런 점도 있긴 있겠지만 주된 감정은 '열등감'이에요.

전 현우 학생이 성훈 학생 이야기를 꺼냈을 때 그게 열등감이라는 걸 단번에 알았어요. 왜냐하면 저도 그런 감정을 느낀 적이 있거든요.(사실 과거형이 아니라 여전히 느껴요. 그런데 조경희 작가 소설보다 제 소설이 더 재밌지 않아요?) 이 이야기는 소설에도 쓴 적 없고, 제일 친한 친구에게도 한 적 없어요. 현우 학생이 먼저 자신의 속마음을 내보였기 때문에 저도 제 마음을 내줄게요.

마음을 내준 사람에게는 내 마음도 내주자는 게 저의 소박한 소망이거든요. 물론 그러다 뒤통수 맞은 적도 몇 번 있지만(인혜 학생 이야기는 아니에요.) 안 그런 적이 더 많아요. 세상에는 이상한 사람도 많고(좀 찔리네요. 물론 저 스스로 그렇게 생각하지 않지만, 자꾸 주위에서 저를 두고 사차원이니 뭐니

하니까 신경이 좀 쓰이네요. 제가 이상한가요? 상처받지 않을 테니 솔직하게 말해주면 좋겠어요.) 나쁜 사람도 많지만, 좋은 사람도 많아요.

우리 마음에는 여러 가지 감정이 들어 있어요. 기쁨, 슬픔, 시기, 질투 등등요. 항상 행복한 사람도 없고, 또 늘 불행한 사람도 없어요. 물론 어떤 감정을 자주 느끼는지는 사람 따라 다르겠죠. 현우 학생이 성훈 학생을 시기하다가 또 안쓰럽게 생각하는 것도 아주 자연스러운 거예요. 물론 제가 이렇게 이성적으로 말할 수 있는 건 '남'의 일이기 때문이에요. 이 말을 하는 이유는 저도 늘 이성적으로 행동하는 건 아니라는 걸 말하고 싶어서예요.

초등학교 6학년 때였어요. 같은 반에 조진영이라는 친구가 있었어요. 유치원부터 같이 다녔던 친구예요. 그전에는 그냥 예쁘다 정도였는데 어느 순간부터 이 친구가 신경 쓰이더라고요.

진영이는 예쁘다, 똑똑하다, 부자다가 아니라 진영이는 '나'보다 예쁘다, '나'보다 똑똑하다, '나'보다 부자다! 이렇게 생각되더라고요.

이 차이를 알겠어요?

세상에는 현우 학생보다 공부 잘하고, 머리 좋은 사람은 정말 많아요. 그런데 왜 현우 학생은 성훈 학생에게만 화가 났을까요?

현우 학생은 자신이 아닌 타인을 갑자기 의식하게 된 거예요. 원래는 현우 학생의 세상에서는 현우 학생이 중심이었어요. 그런데 그 세계에 타인이 들어온 거예요. 그러면서 말하죠. 어, 왜 나보다 똑똑하지?

저도 그랬어요.

갑자기 조진영이라는 아이와 저를 비교하기 시작했어요. 나는 왜 진영이보다 얼굴이 하얗지 않지? 나는 왜 진영이보다 날씬하지 않지? 나는 왜 진영이보다 눈이 크지 않지? 우리 집은 왜 진영이네 집보다 잘살지 못하지? 하고요. 세상의 기준이 진영이가 된 거예요. 심지어 진영이가 새 옷을 입고 오면 그날 저녁 엄마를 졸라 똑같은 옷을 샀어요. 물론 학교에 입고 가지는 못했지만요.

저도 왜 그렇게 진영이에게 집착했는지 몰라요. 중요한 건, 내가 진영이보다 못하다는 감정이었어요. 그런 감정이 들자 진영이가 너무 미웠어요. 세상에서 사라졌으면 좋겠다는 생각도 했어요. 물론 그런 생각을 하고 나면 바로 마음속으로 사과했지만요.

왜 다른 사람도 아닌 진영이에게 그런 감정을 느꼈는지도 모르겠어요. 현우 학생도 왜 다른 누구도 아닌 성훈 학생에게만 그런 감정을 느끼는지 모를 거예요. 성훈 학생 말로는 노력도 안 하는데 성적이 잘 나와서라는데, 현우 학생보다 공부 잘하는 모든 학생들이 다 현우 학생보다 노력하는지 안 하는지는 모르잖아요. 누군가에게 어떤 감정을 품는다는 건, 글쎄요, 제 생각에는 이성이 아닌 비이성적인 영역인 것 같아요.

물론, 초등학교 6학년 때는 그런 생각을 못 했죠. 그저 쟤는 왜 나보다 더 잘났을까? 나는 왜 쟤보다 못났을까? 매일 고민했죠.

그러던 어느 날이었어요.

학원 수업이 끝나고 진영이와 함께 학원 차를 탔어요. 학원 차는 코스가 있잖아요. 누구네 집 먼저, 그다음은 누구네 집, 이런 식으로요. 원래는 다른 친구들이 다 내리고, 그다음에 진영이 그리고 제가 마지막에 내렸어요. 그런데 그날은 진영이가 내릴 차례가 됐는데도 안 내리는 거예요. 그래서 "너 이사했어?" 하고 물으니까 진영이가 고개를 젓더라고요. 그러더니 "친구 집 놀러 가려고." 하길래 "누구?" 하고 물으니까 대답을 안 하더라고요. 그래서 저도 더 이상 묻지 않았는데 제일 마지막 코스인 저희 집만 남았는데도 안 내리는 거예요.

근데 기사님이 저희 집에 가기 전에 새로운 길로 들어서더라고요. 엄청 높은 언덕이었어요. 엄청 컴컴해서 무서울 정도인 곳이었는데, 계속 올라가니까 아주 오래된 빌라가 나오더라고요. 왜 그런 곳 있잖아요. 이런 데서도 사람이 살까 싶은 곳요. 기사님이 그 앞에 차를 세우고 내리라고 하더라고요. 진영이에게.

진영이가 울먹이며 말했어요.

"제일 마지막에 내려 달라고 했잖아요."

"그럼 뺑 돌아가야 돼서 안 돼!"

진영이는 기사님을 원망의 눈초리로 바라봤어요.

"너 이런 데 살아?"

내가 묻자 진영이가 당혹스러운 얼굴로 저를 쳐다보고는 울먹이며 차에서 내렸어요. 진영이가 내리자마자 기사님께 물었죠.

"쟤 여기 살아요?"

기사님이 그렇다고 하더라고요.

진영이 아빠가 하던 사업이 망했다는 이야기를 듣기는 했지만, 저는 헛소문일 줄 알았어요. 그런 소문이 돌고 나서도 진영이는 늘 예쁜 옷, 깨끗한 구두만 신고 다녔거든요. 그런데 제 눈으로 아주 오래되고 허름한 빌라, 곧 귀신이 튀어나올 것만 같은 빌라를 보자 그게 사실이라는 걸 알았어요. 뭣보다 원망이 가득한 진영이의 눈빛이 마음에 남았죠.

아, 진영이는 나한테 자기가 저런 곳에 산다는 걸 보여 주고 싶지 않았구나.

바로 알 수 있었어요. 전 솔직히 조금 기뻤던 것 같아요. 아, 이제 내가 쟤보다 잘사는구나. 음, 생각해 보면 그래요. 우리 집이 30평대 아파트여도 진영이가 40평대 아파트에 살면 속상하지만, 우리 집이 20평대 아파트여도 진영이가 10평대 아파트에 살면 신나는 거예요. 왜냐하면 저의 객관적인 상태보다는 진영이보다 잘사는 게 중요했거든요.

열세 살, 제 인생은 진영이로 꽉 차 있었어요.

다음 날 학교에 가서 진영이를 살펴봤어요. 제 눈치를 엄청 살피더라고요. 제가 학교에 소문낼까 봐 걱정이 됐던 것 같아요. '쟤네 집 망했대.'라고 소문내고 싶어 입이 근질거린 한편, 말하고 싶지 않기도 했어요. 진영이 앞에서는 마치 곧 애들한테 소문낼 것처럼 굴다가도 막상 말할 기회가 생기면 입을 꾹 다무는 식이었죠.

그러다 소문이 났어요. 제가 말한 것도 아닌데, 진영이네 집 망한 게 헛소문이 아니라 진짜라고요. 진영이에게 내가 말한 게 아니라고 말하고 싶었지만 그게 뭐라고 자존심이 상해서 말하지 않았어요. 진영이는 제가 소문낸 것으로 착각했는지 아는 척도 안 하더라고요.

그래도 기분이 나쁘지 않았어요. 내가 이긴 것 같았거든요.

그리고 한 일주일 정도 지난 후였을 거예요. 진영이가 다시 본래의 모습, 명랑하고 재밌고 다정한 모습으로 돌아와 있더라고요. 다른 애들의 말에 맞장구치고 선생님의 질문에 손을 들고 발표하고, 다리를 다친 친구를 도와주더라고요.

일주일! 정말 일주일 만에요.

일주일 만에 진영이 아빠의 사업이 갑자기 잘될 수는 없는 거잖아요? 너무 이상했죠. 저는 진영이를 유심히 살폈어요. 그런데도 이유를 알 수 없어서 직접적으로 물었어요.

"괜찮아?"

진영이가 나를 올려다보고는 억지로 미소를 지었어요. 왜 '억지로'라고 하느냐면 입에 경련이 나는 게 보였거든요.

"응. 왜?"

왜냐고 물으니 할 말이 없더라고요. "아니야." 하고 얼버무리고 말았어요. 그리고 알았죠. 아, 진영이가 아무렇지 않게 보이려고 엄청 노력하고 있구나. 괜찮아지려고 노력하고 있구나. 자신과 필사적으로 싸우고 있구나.

솔직히 괜찮을 리가 없겠죠. 넓은 아파트에서 편하게 살다가 곧 귀신이 나올 것 같은 허름한 빌라에서 살게 됐는데 말이에요. 제가 자리로 돌아가려고 몸을 돌리는데, 진영이가 입을 열었어요.

"나는 나야. 누가 뭐래도."

진영이가 말을 마치고 입술을 꽉 깨물었어요. 전 그때 살짝 눈물이 나올 뻔했어요. 진영이가 너무 멋있었거든요. 감히 질투할 수도 없을 만큼요. 괜찮지 않지만 괜찮은 척하기 위해 이 악물고 노력하는 모습이 말이에요.

저는 그 후로 진영이를 존경하게 됐어요. 내가 진영이보다 열등하다는 걸 받아들이고 나니 좀 괜찮아지더라고요? 웃기죠. 그래, 내가 진영이보다 못한데 뭐 어쩌라고? 이런 자세를 유지하게 된 거죠.

그리고 솔직히 진영이 너무 멋있잖아요.

마치 오뚝이 같았어요. 때때로 쓰러지지만 다시 본래의 자신으로 돌아와 있는 모습이요. 이야기하다 보니 진영이 생각이 나네요. 그 일이 있고 얼마 지나지 않아 이사를 갔어요. 아마 이사 가서도 많은 일들을 겪었겠죠. 그래도 오뚝이처럼 잘 이겨 냈을 거라고 생각해요.

현우 학생, 이게 제가 처음으로 열등감을 느꼈던 때의 일이에요. 이후로도 셀 수 없이 많은 열등감을 느끼면서 살고 있지만, 아무래도 처음이었기 때문에 제 마음속에 남아 있는 것 같아요. 첫사랑, 첫 소풍, 첫 소설 등이 가슴에 남아 있는 것처럼요.

현우 학생, 제가 다른 건 모르지만 이건 확실히 알아요.

앞으로 현우 학생이 인생을 사는 동안 셀 수 없이 많은 사람들에게 열등감을 느낄 거라는 걸요. 그때마다 나는 소중해, 나는 열등하지 않아, 나는 괜찮아 등을 생각하지 말고(괜찮긴 뭐가 괜찮아요? 남보다 열등하다는데 열불 터지지!) 그래, 나 열등하다! 그런데 뭐! 이런 자세를 유지하길 바라요. 전자보다 후자가 정신 건강에 훨씬 좋아요.

***

답 메일은 생각보다 늦게 왔다. 그냥 포기하고 잘까 싶을 때쯤 장문의 메일이 와 있었다. 메일을 읽으며 현우는 난생처음 '열등감'이라는 단어를 접했다. 내가 윤성훈한테 느끼는 감정이 열등감이라고? 아니다. 나는 다만 노력도 안 하면서 달콤한 열매만 따 먹는 윤성훈이 얄미울 뿐이다. 현우는 씩씩거렸다.

이 작가 진짜 이상하네.

진짜 태어나서 이태리 작가처럼 이상한 어른은 처음이다.

현우는 화가 나서 당장 답 메일을 쓰려다 말고 다시 한 번 메일을 읽었다.

흥분을 가라앉히고 읽었더니 좀 전과는 달리 '오뚝이'라는 말이 와 닿았다. 쓰러지지 않는 게 아니라 쓰러지더라도 다시 본래의 자신으로 돌아온다는 이야기 말이다. 현우는 이태리 작가가 말한 진영이란 사람 자리에 윤성훈을 데려다 놓았다. 윤성훈은 아빠 이야기가 학교에 소문이 나도 정말 괜찮을까? 만약 오뚝이처럼 다시 일어나는 대신 그대로 쓰러지면 어떡하지? 김태우가 내일 애들한테 말하면 어떡하지? 아니, 벌써 말한 거 아니야?

현우는 자리에서 벌떡 일어서서는 겉옷을 집어 들었다. 가을로 접어들면서 밤이 되면 좀 쌀쌀했다. 현우는 옆 동으로 가서 전화를 걸었다. 김태우가 전화를 받았다.

– 나와, 지금 집 앞이야.

– 뭐야, 왜?

– 나오라고.

김태우는 씩씩거리면서도 알겠어 하고 전화를 끊었다. 현우는 김태우를 만나러 왔으면서도 자신이 왜 이곳에 왔는지 이해할 수 없었다. 나는 분명 윤성훈을 싫어하는데……. 윤성훈은 노력한 만큼 얻는다는 세상의 질서를 어지럽히는 나쁜 놈일 뿐인데!

"뭐야?"

김태우가 투덜거리면서 다가왔다.

"야, 너 애들한테 말했냐?"

"뭘?"

"아까 그 얘기."

김태우는 "그러니까 뭐!"라고 하다가 생각났다는 듯이 "아!"라고 했다.

"네가 무슨 상관이야."

"쪽팔린 짓이란 것만 알아라."

김태우가 나지막이 한숨을 내쉬면서 "내가 너냐?"라고 했다. 그러더니 쭈그려 앉았다. 현우도 그 옆에 쭈그려 앉았다. 둘은 세상의 모든 짐을 짊어진 것 같은 표정을 하고 있었다. 그러면서 약간 청춘 영화 속 주인공 같다는 생각을 했다. 자신들의 영혼이 하늘에 떠 있고, 그 영혼이 자신들을 내려다보며 '멋지다!' 하고 생각하는 상태였다. 하지만 남들 눈에는 중2병에 걸린 허세 가득한 애들이 폼 잡고 있는 것처럼 보일 뿐이었다.

10대 시절이란, 보이고 싶은 모습과 실제 보여지는 모습 사이의 괴리가 백두산보다 더 큰 시기다.

"야, 강현우. 진짜 이 세상 너무 하지 않냐? 나는 이제 공부 자체를 하고 싶지가 않아. 내가 이렇게 해 봤자 머리 좋은 애한테는 안 되는 거 아니야."

"넌 네가 노력해서 키 컸냐?"

"뭔 소리야."

"너 키 180 넘잖아. 네가 노력해서 큰 거냐고."

"그러니까 그게 뭔 소리냐고."

"세상은 원래 불공평해. 그걸 받아들여."

"현자 났네. 부처냐?"

"아닌데?"

"그럼 예수냐?"

"야! 나 방금 뭐라고 그랬지?"

현우가 벌떡 일어섰다. 김태우가 고개를 들어 올려서 현우를 바라봤다.

"나, 진짜 멋있는 것 같아."

"뭔 개소리야."

"우아! 내가 그런 말을 했다는 게 믿기지 않아!"

현우가 스스로에게 반한 표정으로 웅변하듯 팔을 높게 쳐들며 "넌 네가 노력해서 키 컸냐?"라고 했다. 현우가 놀란 이유는 스스로 그렇게 생각하지 않아서다. 현우는 세상이 불공평하다는 걸 받아들일 생각이 조금도 없었는데 방금 그 말을 내뱉으면서 마치 자신이 그 말을 믿는 사람처럼 되어 버린 것이 신기했다.

지금껏 자신을 피해자라고 생각했다. 좋은 머리 덕택에 노력 없이 좋은 성적을 얻는 윤성훈 때문에 자신이 피해를 보고 있다고. 그런데 방금 그 말을 내뱉으면서 자신이 노력 없이 얻었던 것들이 떠올랐다. 반듯한 외모, 안정적인 직장에 다니는 부모님, 다정한 할머니. 그 모든 것들은 거저 얻은 것들이었다. 이태리 작가의 말처럼 엄마의 자궁 속에서 발장구를 열심히 쳐서 얻은 게 아니라면 말이다.

"세상은 원래 불공평해! 받아들여! 그래, 남자답게 깔끔하게 받아들이자!"

현우가 흥분해서 덧붙였다.

"내가 잘생긴 것도 내가 노력해서 얻은 건 아니잖아."

"너 눈이 어떻게 됐냐? 넌 잘생기지 않은 정도가 아니라 못생겼어. 평범한 것도 아니야! 못생겼어! 받아들여."

김태우가 천천히 일어나더니 "솔직히 네 얼굴로 안 태어난 게 얼마나 감사한지 모른다."라고 덧붙이고는 아파트 현관으로 걸어갔다.

"말 안 할 거지?"

김태우가 오른팔을 들어 올리고 가운뎃손가락을 올렸다. 미친 놈. 지가 멋있는 줄 알아. 현우는 구시렁거렸다. 자동문이 서서히 닫히려고 할 때 김태우가 다시 튀어나왔다.

"야, 혹시나 네가 오해할까 봐 하는 말인데, 난 너한테밖에 말 안 했어. 내일 학교에 소문나도 나 아니니까 오해하지 마."

"무슨 소리야?"

"이미 소문 퍼진 것 같아. 근데 다시 한 번 말하지만, 절대 나 아니야! 나 진짜, 하늘에 맹세코 말 안 했어!"

벌써 소문이 다 났다고? 소문은 한번 퍼지면 절대 되돌릴 수 없다. 소문은 눈에 보이지 않기 때문에 찾아내서 없앨 수도 없다. 마치 쏟아진 물을 다시 주워 담을 수 없는 것과 같다. 소문이 이미 퍼진

게 사실이라면, 현우가 할 일은 딱 하나였다. 현우는 집에 달려가서 방 안을 뒤졌다. 방에는 없었다. 잡동사니랑 옷 등을 보관하는 방으로 가서 이제는 더 이상 가지고 놀지 않는 장난감 상자를 열었다.

그게, 있었다!

***

"야, 강현우! 네가 웬일이냐?"

윤성훈이 신이 나서 나왔다.

"게임?"

"야, 지금 몇 신줄 알아?"

윤성훈이 "열 시."라면서 해맑게 웃었다.

"나 얼른 들어가 봐야 돼."

"그럼 왜 왔냐? 내 얼굴 보려고 온 건 아닐 테고."

"야, 근데 나 못생겼냐?"

"그런 걸 왜 물어, 소름 돋게."

"말해 봐."

"누가 그래?"

"김태우가."

"걔가 진짜 눈썰미가 있더라. 미술 시간에 그림 보고 엄청 놀랐어. 너무 잘 그려서."

"뭐라는 거야."

현우가 오만상을 쓰고 윤성훈을 바라봤다. 윤성훈은 뭐가 좋은지 싱글벙글이다. 아까 말다툼한 것도 다 잊은 것 같다. 해맑은 놈. 둘은 자연스레 윤성훈 집 근처에 있는 놀이터로 향했다. 놀이터에는 아무도 없었다. 둘은 나란히 그네에 앉았다. 밤이라 깜깜했지만 그네 앞의 조명 덕분에 둘이 있는 곳은 환했다.

　　"이거."

　　현우가 윤성훈에게 아까 빈방에서 찾은 걸 내밀었다.

　　"이게 뭐야?"

　　윤성훈이 의아하다는 표정으로 오뚝이를 건네받았다.

　　"이게 뭐냐니까."

　　"보면 모르냐."

　　"아, 이래서 네가 공부를 못하는구나."

　　"뭐?"

　　현우가 눈을 부라렸다.

　　"속뜻을 묻는 거잖아. 국어 시험에 나오는 작가의 의도 말이야."

　　"야, 그건 머리 좋은 네가 찾아내. 왜 굳이 머리 나쁜 나한테 물어보냐?"

　　"삐졌냐?"

　　어휴. 현우는 한숨을 내쉬었다.

　　"애들이 알고 있더라도 놀라지 마. 소문난 것 같아."

　　"무슨 소문?"

　　현우는 입술을 자근자근 깨물다가 결심한 듯 말했다.

"……너네 아빠 얘기."

현우는 일부러 고개를 바닥에 처박았다. 충격받았겠지. 볼까 말까. 현우가 고민하는 사이 몇 분간의 시간이 흘러갔다. 누구에게나 하루 24시간이 공평하게 주어진다고 하지만, 시간조차도 어떨 때는 빨리 흐르고 어떨 때는 늦게 흐른다. 만화책을 볼 때면 10분 지난 것 같은데 한 시간 지나 있고, 공부할 때면 한 시간은 지난 것 같은데 시계 분침은 겨우 10분이 지나 있다. 시간도 공평하지 않다. 지금도 그렇다. 시간이 정말 가지 않는다.

그때 툭 하는 소리가 들리더니 뭔가가 휙 지나가는 느낌이 들었다. 고개를 돌리자 그네를 탄 윤성훈이 두 발로 땅을 도약대 삼아 가볍게 하늘로 날아오르고 있었다.

"씨발."

"뭐?"

"씨발!"

경쾌해 보이는 윤성훈의 몸놀림과 달리 입에서 튀어나오는 말은 욕이었다.

"차라리 잘됐어."

"뭐가?"

현우도 윤성훈처럼 땅을 한 번 딛고 하늘로 날아올랐다. 타이밍이 맞지 않아 현우가 앞으로 날아오르면 윤성훈은 뒤로 날아오르고, 윤성훈이 앞으로 날아오르면 현우가 뒤로 날아올랐다. 지그재그로, 나름대로 최선을 다하며 그네를 탔다.

"존나 조마조마했다. 언제 밝혀질지. 차라리 잘됐어."

윤성훈의 목소리가 점점 커졌다.

"언제고 밝혀질 일이야. 이런 촌구석에서 비밀이 지켜지겠냐? 씨발, 잘됐어. 차라리 속 편하다. 다 욕하라 그러지 뭐. 난 정말 하나도 안 무서워."

"허세 그만 부려."

"진짜야. 나 정말 괜찮아."

"거짓말하네."

"……근데 넌 언제부터 알았냐?"

"저번부터."

"왜 아는 척 안 했냐?"

"사실 내가 소문내려고 했는데."

현우는 어디서 용기가 났는지 솔직하게 고백하고 싶었다. 자신의 마음 중 일부분을 윤성훈에게 솔직하게 보여 주고 싶었다. 진실을 말함으로써 마음의 짐을 내려놓고 싶었다.

"장난치지 마. 네가 얼굴은 못생겼어도 의리는 있어."

"장난이 아니라, 정말로 내가 소문내려고 했는데."

"일부러 그럴 필요 없어. 난 너 믿어."

현우는 그네에서 벌떡 일어났다. 땅에 발을 내딛는 순간과 그네가 멈추는 순간이 맞지 않아 앞으로 튕겨져 나갔다. 중심을 잡자마자 뒤로 갔던 그네가 되돌아오면서 뒤통수를 쳤다. 아, 씨발. 현우가 뒤통수를 감싸며 말했다.

"야, 너 왜 사람 말을 안 믿냐?"

"쓸데없는 소리 하지 말고, 이거 정말 나 가지라고?"

윤성훈이 그네에서 가볍게 내려와서는 오뚝이를 높이 들었다.

"나 거짓말 같은 거 잘 안 해. 진짜 내가 소문내려고 했는데."

"오뚝이가 어떤 의미인지 알 것 같기도 하다. 내일 보자."

윤성훈이 몸을 돌렸다.

"진짜야. 나 정말 너 배신하고……."

"강현우! 진짜 고맙다. 미리 말해 줘서."

윤성훈이 걸어가다 말고 뒤돌아봤다.

"네가 말 안 해 줬으면 내일 학교 가서 당황했을 거야. 똑같은 일이 일어나더라도 마음의 준비를 하는 거랑 안 하는 거랑은 차이가 있잖아. 그리고……."

"진짜야. 이게 진실이야. 나 정말 네 얘기 소문내려고 했어."

"……우리 아빠, 무능하기 해도 나쁜 사람은 아니야. 갚으려고 많이 노력하셨어."

"그래, 알았다."

현우는 고개를 끄덕였다. 진실이란 건 상대가 듣지 않으려고 하면 아무런 소용이 없구나. 현우는 패배자의 심정으로 집으로 돌아갔다. 그래도 마음이 아주 아프지는 않았다.

내 안에 사는 놈

폭탄이 터지길 기대하며 학교에 갔는데 아무 일도 없었다. 차라리 폭탄이 빨리 터졌으면 좋겠다는 생각과 고장 난 폭탄이라 터지지 말았으면 좋겠다는 생각이 교차했다. 그 와중에 윤성훈은 자리에 앉아 문제집을 풀고 있었다.

공부하는 옆모습이 비장해 보이기까지 했다.

무슨 결심을 했나?

현우는 어쩐지 책을 한 글자도 보고 싶지 않아 책상에 엎드렸다. 세상이 불공평하다고 인정해 버리니 마음은 편했지만, 그 부작용으로 공부가 싫어졌다. 윤성훈이 별반 노력 없이 공부를 잘하는 것처럼 나한테도 그런 게 있지 않을까 하는 일말의 기대도 있었다. 슬프게도, 아직까지 그 어떤 재능도 발견하지 못했다. 남보다 조금 괜찮은 외모 말고는.

"강현우!"

국어 시간이 시작되자, 선생님이 현우의 이름을 불렀다.

현우는 준비한 사물을 가지고 교단 앞으로 나갔다.

"저는 《지킬 박사와 하이드》라는 책을 가져왔습니다. 자신의 자아와 닮은 사물을 가져오라고 했잖아요. 저는 저에 대해 생각하면 할수록 제 안에 여러 명의 자아가 사는 것 같아요. 의리 없는 놈, 의리 있는 놈, 시기 질투하는 놈, 누군가를 안쓰러워하는 놈, 재수 없는 놈, 재수 있는 놈, 불효하는 놈, 효도하는 놈, 세상이 공평해야만 한다고 생각하는 놈, 세상은 원래 불공평하고 불공평하기 때문에 공평하다고 생각하는 놈, 그게 무슨 소리냐고 호통치는 놈, 세상이 불공평하기 때문에 나는 피해자라고 생각하는 놈, 세상은 불공평하지만 그 때문에 내가 얻은 이익도 있다고 생각하는 놈 등등요. 저도 사실 제가 누군지 모르겠어요. 아침엔 이랬다가 저녁엔 저랬다가. 하, 전 누구죠?"

현우가 선생님을 바라봤다. 선생님이 어깨를 으쓱하며 "나도 잘 모르겠는데?"라고 답했다.

"그래도 이번엔 스스로 생각해서 답을 도출했네. 애초에 정답도 오답도 없는 문제였어. 이태리 작가님도 책에서 그랬잖아. 폭풍우 치는 날의 바다도, 햇볕이 쨍한 날의 바다도 다 자신이라고. 현우야! 숙제 잘해 왔다."

"사실 처음엔 오뚝이를 가져올까 했어요. 사람인 이상 쓰러질 때가 있잖아요. 그래도 자기다움을 잃지 말고 다시 일어서자는 의미로요. 근데 지금 오뚝이가 필요한 건 제가 아니라 다른 사람인 것 같아서 그건 안 가지고 왔어요."

"좋을 대로."

선생님은 더 이상 현우의 말에 귀 기울이지 않았다. 현우는 왠지 혼자 주저리주저리 떠든 것 같아 창피한 마음이 들었다. 자기가 물어봤으면서. 현우가 툴툴거리며 교단을 내려오는데 "네 안에 없는 건 잘생긴 놈뿐이네!"라고 김태우가 말했다.

애들이 크큭거렸다.

하, 방금 현우의 마음에 살인자의 피를 가진 놈이 스며들었다.

이태리 작가님께

작가님, 오랜만에 인사드려요.

여러 가지 일이 있었지만, 대충 그럭저럭 잘 해결되었어요. 다 이태리 작가님 덕분이에요. 저도 남에게 얻어먹기만 하는 스타일이 아니라서 작가님께 뭔가 도움을 드리고 싶어요. 기대해 주세요!

그리고 작가님께서 작가님이 이상한지 아닌지 말해 달라고 하셨잖아요. 처음에는 예의상 '이상하지 않아요.'라고 말하려다 그럼 작가님께서 솔직하게 말해 달라고 하실 것 같아서 그냥 솔직하게 말씀드려요.

작가님 조금 이상해요…….

혼자 오해도 잘 하시는 것 같고 사소한 문제도 엄청 깊게 생각하시는 것 같고. 그래도 저 같은 학생한테 이렇게나 신경 써 주시는 걸 보면 마음이 엄청 따뜻하신 것 같아요.

그럼 작가님, 늘 평안하시고 행복하세요.

답 메일은 따로 안 주셔도 괜찮습니다.

간곡한 부탁에도 불구하고 얼마 지나지 않아 새로운 메일이 왔다는 알림이 떴다.

현우 학생, 안녕하세요.

잘 해결됐다니 다행이네요. 뒷이야기가 궁금하면서도 더 이상 듣고 싶지 않은 마음이었어요. 뭐랄까, 궁금증을 해결하려다 또다시 덤불 속에 빠질 것만 같았거든요. 전 정말 거산군의 마수에서 벗어나고 싶습니다.

저는 다음 달에 출간될 청소년 소설 퇴고를 막 끝낸 참이에요. 퇴고도 힘들었지만, 그보다 인혜 학생, 현우 학생과 메일을 주고받으면서 참 많이 지쳤어요. 어쨌든 겸사겸사해서 일주일 정도 가까운 동남아 휴양지에 가서 머리를 식히고 올 예정이에요. 핸드폰도 꺼 놓고 인터넷에도 아예 접속하지 않을 생각입니다. 제발 연락하지 말아 주세요.

현우 학생도 언제나 행복하길 바랄게요.

그럼 이만.

***

현우 학생?

한국에 돌아와서 핸드폰을 켜니 조경희 작가님 책을 출판하는 출판사에서 여러 통의 연락이 와 있더라고요. 무슨 일인가 싶어 바로 연락해 보니 제가 한국에 없는 동안 있었던 일들을 이야기해 주더라고요. 하…….

요약해서 말하자면, 출판사에서는 지속적으로 독자 반응을 모니터링하는데 조경희 작가님 책 리뷰에 갑자기 악플이 늘었다고 합니다. 악플이 달릴 수는 있지만 짧은 시간 동안 수십 개가 동시다발적으로 달린 거로 봤을 때 악의적인 것 같아 확인해 봤다고 합니다. 악플을 다는 아이디는 딱 하나였고 인터넷 서점과 연결된 블로그를 보니, 제 책에는 긍정적인 리뷰만 달아 놓았더랍니다. 이상해서 블로그 쪽지를 보내 봤더니…….

휴, 잠시 커피 한 잔 마시고 왔어요. 카페인 중독 증세로 자꾸 손이 떨려 커피를 끊었었는데, 한 달 만에 현우 학생 덕분에 이렇게 커피를 마시네요. 제 입이, 제 심장이 현우 학생에게 너무 고마워할 거예요.

후아후아.

출판사에 따르면, 현우 학생이 저를 위해 그런 일을 했다고 했다더군요? 의리는 있는지, 제가 시켰다고는 안 하고 보답 차원에서 스스로 결정해서 했다고 했다면서요? 아니, 생각해 보니 의리가 아니라 사실 자체가 그렇죠. 제가 뭘 시켰나요?

출판사에서 그러더라고요. 이태리 작가님께서 시킨 건 아니겠지만 학생으로 하여금 오해하게끔 행동한 게 아닐까 싶다고요.

하아, 정말 그 이야기를 듣는데 어떤 표정을 지어야 할지 모르겠더라고요. 은혜를 갚는다는 게 그런 거였나요? 은혜를 갚지 말라고 적극적으로 말리지 못한 제 책임인가요?

그래요, 모두 제 책임이에요. 그러니 앞으로 그런 행동은 하지 말아 주세요. 이번에는 적극적으로 말렸습니다. 앞으로 절대 연락하지 말아 주세요.

제 책에 리뷰도 남기지 말아 주시고요.

마지막 부탁입니다.

작가님, 강현우입니다.

메일이 자꾸 반송되어서, 부득이하게 작가님 블로그 댓글로 남겨요. 저는 정말 작가님을 도와주고 싶어서 그랬어요. 제 진심만은 오해하지 말아주세요.

작가님, 댓글이 자꾸 삭제되어서 정말 마지막으로 한 번만 말씀드릴게요. 정말 고의는 아니었습니다. 작가님이 숙제를 누가 내 줬는지에 대해 왜 그렇게 집착했는지 알 것 같아요. 오해받으니까 정말 억울하네요.

이태리 작가는 몇 년간 운영해 오던 블로그를 탈퇴했다. 마음 같아서는 메일도 탈퇴하고 싶었지만, 원고 청탁이 들어올까 싶어 그러지 못했다.

이제 국어 선생님이 내 준 숙제도 다 끝나서 학생들로부터 오는 메일은 없겠지, 하고 마음을 놓은 게 잘못이었다.

인생은 뜻대로 되지 않는다는 사실을 받아들이고 더 조심했어야 했다.

죽이고 싶은 사람이 있어요

학생에게서 또 메일이 와 있었다.

절대 보지 말아야지, 휴지통 폴더에 버려야지 굳게 마음먹었는데, 마우스 위에 놓인 검지 손가락이 제멋대로 움직였다.

우리 학교에 죽이고 싶은 사람이 있어요. 죽이고 감옥에 갈까, 죽이고 나도 죽을까, 그냥 나만 죽을까 하루에도 마음이 열두 번 바뀝니다. 어떤 게 가장 엄마의 마음을 덜 아프게 할까요? 이 세상에는 별 미련이 없는데 혼자의 몸으로 절 열다섯 살까지 키워 준 엄마에게는 한없이 죄송하네요. 엄마가 슬프지 않았으면 좋겠어요.

이태리 작가는 이미 탁탁탁탁 키보드를 치고 있었다. 그렇다. 성격은 어디 안 간다. 더불어 한국에는 이런 말이 있다. 성격이 사주팔자다! 이태리 작가는 그렇게 자신의 팔자를 엉킨 실타래 꼬듯 열심히 꼬고 있었다.

점과 점을 이으면

어쩌면 너도?

은영은 거울 앞에 서서 자신의 얼굴을 바라봤다. 누구나 은영을 보면 어, 하고 놀란다. 화장을 못하는 사람이 화장을 과하게 한 것처럼 눈썹이 진하기 때문이다. 그에 비해 이목구비는 작아 얼굴에 눈썹만 둥둥 떠다니는 듯하다. 왜 걔 있잖아, 눈썹 좀 진하고……. 아, 걔? 하고 애들은 이야기한다. 학교에 은영이란 이름을 모르는 사람은 있어도 눈썹 진한 애를 모르는 사람은 없을 것이다.

은영은 한 달 전까지만 해도 눈썹이 너무, 심하게, 열 받을 정도로 진한 게 인생의 최대 고민이었다. 그러나 한 달 전 그 사건이 생긴 뒤부터 은영은 눈썹을 신경 쓰지 못했다. 눈썹이 제주도의 한라산 정도의 고통을 안겨 줬다면, 그 사건은 은영이에게 네팔에 있는 히말라야산 정도의 고통을 안겨 줬기 때문이다. 고통은 고통으로 덮는다. 인생을 살면 살수록 괴로운 일이 늘어나고, 그 괴로운 일을 잊게 하는 건 또 다른 괴로운 일이란 걸 깨달았다. 은영은 거울에서 시선을 떼고 스마트폰을 봤다.

메일이 와 있었다.

설마? 은영은 혹시나 하는 마음으로 메일을 클릭했다.

이태리 작가입니다.

사람을 죽이는 건 메일을 보낸 학생의 자유지만, 왜 죽이고 싶은지 알려 주기 전까지는 죽이지 말았으면 하는 바람이 있네요. 제가 학생이 보낸 메일에서 유추할 수 있는 건 죽이고 싶은 사람이 같은 반 학생이 아니라는 것 (만약 같은 반이었으면 '우리 학교에'라는 표현을 쓰지 않았겠죠.)뿐입니다.

짐작건대 선생님이나 관리인이겠죠. 어느 쪽이든 누굴 왜 죽이고 싶은지 꼭 알려 주시기 바랍니다. 그리고 학생이 누군가를 죽이든, 스스로를 죽이든 엄마는 큰 슬픔에 빠질 거예요. 이건 1 더하기 1이 2인 것처럼 너무나 명백한 일입니다. 그러니 일을 행할 때는 반드시 '나는 엄마를 슬프게 하는구나.' 하고 각오하고 행하시길 바랍니다.

와, 진짜 어이없다.

은영은 너무 황당해서 메일을 다시 한 번 읽었다. 사람을 죽이지 말라고 할 줄 알았는데 자기 궁금증을 풀어 주기 전까지는 사람을 죽이지 말라고? 그럼 그 후에는 사람을 죽여도 된다는 건가. 혹시나 하는 마음으로 메일을 보내 봤는데 역시나였다. 도움을 받기는커녕 열만 받았다.

은영은 씩씩거리며 '다시는 메일을 보내나 봐라.' 하고 마음을 먹었다. 그러나 이내 '그렇다면 누구에게 도움을 받을 수 있지?' 하는 생각이 들었다. 엄마? 엄마는 안 된다. 만약 엄마에게 말한다면 앓아누울 수도 있다. 그럼 담임 선생님? 이내 고개를 저었다. 아무리 생각해 봐도 주변의 어른 중에 은영을 도와줄 사람은 아무도 없었다. 사실 이태리 작가님은 할머니가 계신 거산군에 갔다가 한 살 위 사촌인, 현우 오빠를 통해 알게 됐다. 현우 오빠가 고민이 있어서 작가님한테 메일을 보냈더니 진짜 답장을 보내 줬다는 것이다.

"어쨌든 고민 해결은 된 거잖아?"

"그렇긴 한데……. 그건 그렇지. 근데 너 고민 있냐?"

"아니, 아닌데?"

"아니면 아닌 거지 왜 날 째려보냐? 암튼 보낼 때 이거 하나만 명심해. 보내는 건 니 마음이지만, 끝내는 건 니 마음이 아니라는 거."

"공포 영화야 뭐야."

그 일을 겪고 혹시나 싶어 현우 오빠에게 전화를 해서 메일 주소를 물어봤다. 현우 오빠는 되도록 메일을 보내지 말라면서도 주소를 알려 줬다. 현우 오빠의 그 말은 마치 공포 영화 시작 전 나오는 '심장이 약한 사람이나 어린이는 시청을 하지 마시오.'라는 경고 문구 같았다. 그리고 방금 이태리 작가에게 답 메일을 받은 후에야, 현우 오빠가 왜 그렇게 말렸는지 알았다. 절대 보지 마시오, 혹은 절대 들어가지 마시오 같은 경고 문구는 절대 소홀히 볼 게 아니다.

은영은 이런 사람에게 메일을 보낸 자신과, 이상한 메일을 보낸 작가 모두에게 화가 나 이상한 전투력에 사로잡혔다. 복수하기 전엔 절대 안 죽어! 하는 그런 전투력 말이다. 그러나 이내 자신은 누군가에게 복수를 하기엔 너무 약한 게 아닌가 하는 자포자기의 마음에 휩싸였다.

***

느릿느릿 교실에 도착하니 애들 중 반은 와 있고 반은 아직 도착하지 않았다. 누구나 그렇듯 은영도 여러 개의 자아를 가지고 있다. 친한 친구들과 있을 때의 수다쟁이 은영, 인사만 나누는 친구들과 있을 때의 수줍은 은영, 혼자 있을 때의 외로운 은영. 아직은 친한 친구들이 오기 전이어서 책상에 엎드렸다.

은영의 머릿속에는 2교시 과학 수업으로 가득 차 있었다. 과학 선생님은 2학년 교무 부장이기도 한 남자 선생님이다. 별명은 보름달. 선배들로부터 내려온 별명이라 이유에 관해서는 여러 설이 있지만, 은영은 과학 선생님 얼굴이 컴퍼스로 그린 것처럼 동그랗게 생겨서 그렇다고 혼자 생각했다.

보름달을 싫어하게 된 계기, 아니 증오하게 된 계기는 한 달 반 전이다. 은영이 가장 좋아하는 과목을 고르자면 단연코 과학이었다. 실험을 통해 결과를 도출하는 명확함이 좋았다. 수학도 공식을 통해 정답을 확인하지만, 눈에 보이지는 않는다.(아마도 수학자들은 눈에 보이는 것만큼 명확하다고 하겠지?) 은영에게는 수학이 우주에 있는 행성이라면 과학은 눈앞에 있는 지구였다.

은영이 과학을 좋아하는 걸 알아서인지 과학 선생님도 실험실 교구 준비 등을 자주 은영이에게 맡겼다. 그날도 실험을 준비하기 위해 쉬는 시간 10분을 희생하고 과학실로 달려갔다. 그런데 이미 선생님이 와 계셨다. 은영이는 선생님께 인사하고는 전날 미리 준비하라고 말해 놓은 비커와 과산화수소 등을 찾으러 갔다.

"김은영! 잠깐 와 봐."

은영은 비커를 내려놓고 선생님께 다가갔다. 선생님은 책의 어느 부분을 가리키면서 "이것 좀 봐 봐." 했다. 의자에 앉아 있는 선생님과 눈높이를 맞추려면 은영은 선생님 쪽으로 고개를 바싹 들이밀든지, 가까이 다가가는 수밖에 없었다. 과학실에 있는 선생님의 책상은 교실에 있는 교단과는 달리 폭이 넓기 때문에 은영은 선생님 옆으로 다가갔다. 그때 선생님이 손을 뻗어 은영의 허리를 감싸더니 자신 쪽으로 바투 끌어당겼다. 선생님의 손은 허리와 엉덩이 부근에 닿아있었다. 은영은 몸을 살짝 비틀었다.

이런 일이 대개 그렇듯 실수인지 아닌지가 헷갈렸다. 아니, 실수겠지. 실수인데 내가 예민한 거겠지. 은영은 사회가 은영의 머릿속에 심어 놓은 대로 생각했다. 그러나 실수가 여러 번 반복됐다. 한번은 둘만 있던 계단에서, 교무실에서, 상담실에서 그리고 다시 과학실에서. 손은 허리와 엉덩이를 거쳐, 팔꿈치로 가슴을 툭 치는 것, 명찰을 바로잡아 주는 듯하면서 가슴을 꾹 누르는 것까지 발전했다. 몇 번의 반복 끝에 실수가 아니지 않을까 하는 의심이 솟아올랐고 즉시 수치스러웠다.

내가 뭘 잘못했을까?

***

은영은 담임 선생님께 말씀드렸다. 임용 고시에 합격해 올해 처음 부임한 스물일곱 살의 담임 선생님은 자신의 마음을 이해해 줄 것 같았다. 무엇보다 같은 여자니까. 은영은 태어나서 가장 큰 용기를 냈다. 두려움과 수치심을 꾹 누르고 담임 선생님께 말했을 때, 담임은 큰 눈을 끔뻑이며 말했다.

"너무 예민한 거 아니니?"

은영이 입술을 깨물자 "나 학교 다닐 때도 너 같은 애들 있었어. 공간이 좁아서 살짝 부딪쳤는데 그걸 너무 크게 받아들이는 거지. 그래서 무슨 일 있었어?"라고 되물었다. 무슨 일이라니? 의식적으로 가슴을 건드린 것 외에 더 큰일은 무엇일까? 설마 성폭행……을 말하는 걸까?

은영은 다시 생각했다.

아, 내가 너무 예민하구나. 역시 그랬구나.

은영은 부끄러웠다. 그런 일을 당한 것도, 그걸 담임에게 말한 것도. 다시는 누구에게도 이 일을 말하지 말아야지. 은영은 이 일이 생각날 때마다 그런 다짐을 했다. 그리고 얼마 전, 과학 선생님이 교무실로 은영을 불렀다.

과학 선생님은 마치 은영이 담임에게 이야기했지만 아무 소용도 없었다는 걸 아는 사람처럼 대담하게 굴었다. 은영을 자신의 옆자리에 앉힌 후에 허벅지에 손을 올리고 주물렀다. 벌떡 일어섰다. 몸이 마음대로 움직였다. 과학 선생님이 무슨 일이라도 있었냐는 듯이 의아한 얼굴로 은영을 쳐다봤다. 가해자는 없고 피해자만 있는 것 같았다. 아니, 자신이 가해자이자 피해자인 것 같았다.

"왜?"

과학 선생님이 물었다. 은영은 어이없게도 다시 의자에 앉았다. 스르륵 몸에 힘이 빠졌다. 선생님은 다음 주에 할 실험에 대해 설명하며, 미리 준비해야 할 물품의 리스트를 적어 주었다. 은영은 그 리스트를 받아 들고 너무 이상하지만, 또 당연하게도 공손히 인사까지 하고 교무실을 나왔다.

무슨 일이 있었지만 아무 일도 없었다.

그때 은영의 마음에는 살의가 깃들었다. 과학 선생님이 아닌 담임 선생님에게. 그리고 그 마음은 이내 자신을 향했다. 죽고 싶어. 은영은 생각했다.

"잠 못 잤어?"

윤영이 물었다. 학기 초에 서로의 이름을 확인하고는 둘 다 이름이 '영'으로 끝나는 걸 보면 친구가 될 운명이라고 호들갑을 떨었었다. 세상에는 영 자로 끝나는 셀 수 없이 많은 이름이 있을 텐데도 말이다. 이후에도 매번 서로의 공통점을 찾기 바빴다. 윤영이에게 말해 볼까.

은영은 고개를 저었다. 그건 안 돼. 세상에서 제일 친한 친구라고 생각하면서도 윤영이가 자신을 어떻게 볼지 걱정됐다. 꽃뱀, 사기꾼, 피해 의식, 걸레. 인터넷에서 자주 보던 댓글들이 떠올랐다. 이건 비밀이야. 세상 끝까지 가지고 갈. 그런데 과학 선생님이 또 부르면 어떡하지? 그때 윤영이 은영의 허벅지에 손을 갖다 댔다. 과학 선생님이 만졌을 때와 달리 아무렇지 않았다. 그래, 윤영이처럼 친한 친구만 만질 수 있는 건데. 내 몸은 내 건데. 난 과학 선생님한테 내 몸을 만지라고 허락한 적 없는데.

"괜찮아?"

윤영이 되물었다. 은영은 고개를 끄덕였다.

"야, 보름달 맹장이래."

"뭐?"

황당하다는 생각과 함께 당분간 과학 선생님과 마주칠 일이 없다는 사실에 안도했다.

"수업하다가 배가 너무 아프다고 병원에 가더니 맹장이라 바로 수술했다던데."

"그럼 당분간 학교 못 오겠네?"

"자습."

윤영이가 씩 웃으며 말했다. 수업보다는 자습이 좋은 거다. 그러다 갑자기 생각난 듯 목소리를 낮췄다.

"너 근데 그 얘기 알아? 옆 반에 예은이 전학 갔잖아. 그거 보름달 때문이래."

"보름달?"

윤영이가 고개를 과장되게 끄덕였다.

"왜?"

"그건 모르지. 암튼 보름달이 수행 평가 점수도 엄청 낮게 주고 괴롭혔나 봐."

"왜? 걔 과학 준비물 담당이었잖아."

"그러니까 더 이상하지."

윤영이가 어깨를 으쓱하며 말을 이었다.

"맨날 과학실로 부르길래 엄청 예뻐하는 줄 알았는데. 뭐 밉보였나 보지."

"설마 그런 걸로 전학 가겠어?"

"그건 우리 같은 애들 생각이고, 걔 수행 평가 점수에 엄청 예민하잖아."

우리 같은 애들이란 건 어떤 애들을 말하는 걸까? 중간 정도의 성적을 받는 애들을 말하는 걸까? 예은이는 우등생이라 수행 평가 점수 때문에 전학을 갔다는 걸까? 은영이의 머릿속에는 희미하게, 어떤 인과 관계가 떠올랐다. 설마……. 하는 생각에 고개를 저었지만, 그래도 자꾸 이런 생각이 들었다.

어쩌면 나만이 아닐 수도 있지 않을까?

은영이는 각 반에서 과학 준비물을 담당하는 애들을 떠올렸다. 1반의 이현이와 4반의 연주, 5반의 유이, 6반의 준희. 은영이는 2반이고 전학 갔다는 예은이는 3반이다. 과학 선생님은 학기 초에 과학 과목은 실험 준비물이 많기 때문에 이를 책임지고 준비할 담당자를 한 명씩 뽑겠다고 했다. 대신 고생을 하기 때문에 수행 평가 점수에 반영해 주겠다고 했다. 그때 은영이와 같이 지원했던 애들은 다 남자 애들이었다. 김연우와 이종석. 과학 선생님은 어떤 과정도 없이 은영 이를 지목했다. 은영이는 자신이 운 좋게 뽑힌 거라고 생각했다. 그런 데 다른 반 과학 준비물 담당자도 모두 여자인 걸 떠올리자, 그게 아닐 수도 있겠다는 생각이 들었다.

자신만 당한 게 아닐 수도 있겠다는 생각이 들자, 은영이는 부끄 럽게도 기쁜 마음이 들었다. 사실 지금까지 '나만 당한 걸 보면 내가 잘못한 거겠지.'라는 말도 안 되는 생각을 하고 있었더랬다. 내가 잘 웃어 줘서, 내가 헤프게 행동해서, 그것도 아니면 내가 너무 예민해 서……라고.

"왜 갑자기 웃어?"

"어? 아니야."

은영이는 고개를 저으며 배에 힘을 주었다. 어쩐지 용기라는 애가 은영이의 말랑말랑한 배에 찾아온 듯했다. 용기를 내보내지 않기 위해서 배에 힘을 주어야만 했다.

우린 21세기를 살자!

답 메일이 너무 빨리 와서 엄청 놀랐어요.

왜 죽이고 싶은지, 왜 죽고 싶은지는 말하지 않을게요.

다만 한 가지 궁금한 게 있어요!

친구에게 '너도 혹시 그런 일을 당했니?' 하고 물어보려고 하는데 직접적으로 묻는 게 나을까요, 아님 편지가 나을까요? 친한 친구는 아니고 오다가다 인사 정도 하는 친구? 그렇다고 친구가 아닌 건 아닌 애매한 친구예요.

안녕하세요? 은영 학생.

자신은 아무것도 말해 주지 않으면서 답만 요구하는 태도를 보자니, 은영 학생이 절대 누군가를 죽이거나 혹은 스스로 죽지 못할 거라는 강한 확신이 드네요. 그러고 보니 소크라테스는 참 명언을 많이 남겼네요.

너 자신을 알라!

요즘 애들은 싸가지가 없다!

은영 학생이 어떤 일을 겪었는지 모르겠지만, 세상에 너무 예민한 건 없어요. 누군가의 어떤 행동으로 피해를 입었다면(물질적인 피해만 피해가 아니에요. 누군가의 어떤 행동 때문에 마음의 상처를 입었다면, 그것도 피해를 받은 거예요.) 피해의 강도와 상관없이 피해를 입은 거예요. 남들의 눈에는 아주 작은 피해로 보일지라도, 피해를 받은 당사자가 피해를 받았다고 느낀다면 그건 예민한 게 절대 아니라는 뜻이에요.

P.S. 앞으로도 이렇게 제가 궁금해하는 건 답 안 해 주면서 약만 살살 올릴 거라면 메일 안 보냈으면 해요. 전 얼마 전 두 번째 장편 소설을 출간하고 세 번째 장편 소설 작업으로 굉장히 바쁘답니다.

답 메일을 확인한 지 채 5분도 되지 않아 메일이 또 왔다. 현우 오빠 입에서 나온 말들은 다 거짓말이라고 생각했는데, 진실도 있었다. 앞으로는 현우 오빠 말을 절대 흘려듣지 말아야지.

은영 학생, 혹시 누군가에게 어떤 피해를 당했다면(자꾸 '피해당했다면'이라고 해서 미안해요. 그러나 누군가를 죽이고 싶을 때는 대개 어떤 치명적인 피해를 당했을 때죠. 게다가 누군가를 죽이는 것도 모자라 자신까지 죽고 싶다고 할 때는, 여성의 경우 성과 관련된 피해가 많아요. 이 말이 상처가 되지 않았으면 좋겠어요. 왜냐하면 그런 피해를 입었다는 건 도둑질을 당했다, 갑자기 내린 비를 맞았다와 비슷한 일이거든요. 아무 잘못도 하지 않았는데 일어날 수도 있다는 말이에요. 햇볕이 쨍쨍해서 우산 없이 집을 나왔는데, 갑자기 생각지도 못한 비가 내렸다면, 그건 비를 맞은 사람 잘못일까요? 당연히 아니겠죠.) 그걸 기록으로 남겨 두길 바라요. 분명 나중에 중요하게 쓰일 날이 있을 거예요.

은영은 메일을 여러 번 다시 읽었다.

특히 '비를 맞았다.'라는 부분이 마음속에 콕 박혔고, 어쩐지 읽으면 읽을수록 마음속에도 비가 내리는 기분이었다. 울고 싶어. 그러나 울지는 않을 거야. 은영은 내일 그나마 몇 번 인사를 나눈 1반 이현이를 만나서 이야기해야겠다고 다짐했다. 만약 그 애도 똑같은 일을 당했다고 한다면 비 이야기를 해 줘야지. '우린 비를 맞은 거야. 우리 옷이 젖은 건 우리 잘못이 아니야.'라고. 왜냐하면 여태껏 은영이는 자신의 부주의함 때문에 비를 맞았다고 생각해 왔기 때문이다.

왜 비가 내릴 걸 예측하지 못했을까.

왜 우산을 준비하지 못했을까.

왜 나는 저 유리창 안쪽에 들어가 있지 않았을까.

그러나 비가 갑자기 내린 건 은영이의 잘못이 아니었다. 은영은 자신을 자책하는 버릇을 그만두자 마음먹었다.

물론 마음먹은 대로 안 되는 게 인생이라 그 마음을 먹은 지 몇 분 만에, 내가 왜 과학 준비물 담당을 맡겠다고 손을 들어서는……

이라고 자책했지만. 아마 이 자책은 평생 은영을 따라다닐 것이다. 아무 잘못도 하지 않았는데 자책을 하게 되는 삶이란, 이런 종류의 폭력에 으레 따라오는 후유증과도 같았다. 어떤 노력으로도 이 후유증을 완벽히 지우기는 어려울 것이다. 그 때문에 더욱 악질적인 범죄였다.

은영은 이제 막 그 범죄의 피해자가 된 셈이었다. 슬픈 건, 앞으로도 가해자의 레이더에서 벗어나기는 힘들 거라는 것이다. 왜냐하면 갑자기 내린 소나기를 피하지 못하는 것처럼, 피해자가 되지 않기 위해 할 수 있는 노력이란 건 없으니까.

열다섯, 은영의 나이다.

***

점심을 먹고 나서 그나마 몇 번 대화를 나눠 본 1반의 이현이를 찾았다. 이현이는 화장실에 갔다가 들어오는 모양인지 손에서 물이 뚝뚝 떨어졌다.

"정이현!"

은영이 부르자 이현이가 깜짝 놀라 쳐다봤다.

"시간 돼?"

"왜?"

"과학 준비물 때문에 할 이야기가 있어."

이현이는 알쏭달쏭한 표정을 지었다.

"시간 되지?"

은영이가 이현이의 소매를 잡아당기면서 말했다. 이현이가 고개를 끄덕이며 은영이와 함께 벤치로 갔다.

이제 조금 있으면 겨울 방학이 시작될 예정이었다. 달력은 벌써 12월을 향해 달려갔다. 한 해의 끝이었다. 은영이는 나뭇잎이 다 떨어져서 헐벗고 있는 나무를 보며, 진짜 봄이 되면 나뭇잎이 돋아날까? 생각했다. 지금과 같은 마음으로는 아무리 생각해도 그럴 것 같지 않았다. 봄이 돼도 새싹은 돋지 않을 것 같았다.

"무슨 일이야? 나 5교시 과학 수업이라서 준비물 준비하러 가 봐야 되는데."

"너 혹시 3반 예은이 전학 간 거 알아?"

"근데?"

이현이는 갑자기 말을 걸어온 은영이에게 경계심을 늦추지 않았다.

"나도 잘 모르지만, 우선 확실한 사실부터 이야기할게. 예은이도 과학 시간 준비물 담당자였어."

이현이의 얼굴에 당혹감이 서렸다. 이현이에게 아무런 일이 없었다면 당혹스러워할 이유가 전혀 없다. 은영은 어떤 예감을 느꼈다. 말로 설명할 수는 없지만 그 예감은 거의 맞을 것이다.

"수행 평가 점수를 갑자기 낮게 줬대. 과학이."

"……뭔가 이유가 있겠지?"

이현이가 입술을 뗐다.

"근데 난 네가 그 이야기를 꺼내는 이유를 알 것 같아."

이현이가 잠시 생각하는 듯하다가 "슬프게도."라는 말을 덧붙였다. 그 덧붙인 말 때문에 은영의 마음이 잠시 무너지는 듯했다. 그 이유를 알 것 같다는 건 정말 슬픈 일이다.

"네가 나를 찾아온 이유도. 너도 혹시?"

이현이가 용기를 내서 물어왔다. 은영이가 고개를 끄덕였다.

"처음에는 실수인 줄 알았는데."

"나도."

"실수가 반복되니까 그게 아닌가 싶은 거야."

서로의 마음을 확인하자 봇물 터지듯 이야기가 쏟아져 나오기 시작했다. 이현이도 외로웠던 거야. 누군가에게 쏟아 내고 싶었던 거야. 그 마음을 확인하자 은영이는 뛸 듯이 기뻤다.

"너도 팔꿈치로 가슴 만졌어?"

"나는 팔꿈치만이 아니라 손으로도 만졌어."

"정말?"

이현이가 고개를 끄덕이더니 "수업 끝나면 과학실 뒷정리하고 가야 되잖아. 그래서 뒷정리하고 있는데 갑자기 뒤에서 나를 안더니……"라고 말했다.

은영이는 당하지 않은 일이었다.

이현이의 얼굴에 공포가 깃들었다.

"아직도 생각하면 몸이 막 떨려."

"정말 끔찍했겠다."

은영이가 나란히 앉은 이현이의 손을 꼭 잡았다.

"정말 토하는 줄 알았어."

"나는 교무실로 불러서 허벅지 만졌어."

"진짜?"

"왜 교무 부장 자리에 창문 있잖아. 그 창문이 좀 높아서 얼굴만 살짝 보이고 아래는 안 보이잖아. 상담하자고 불러서는 허벅지를……."

그때를 생각하자 다시 몸이 부르르 떨려 왔다.

"너한테는 미안하지만 네 얘기 듣는데 나도 모르게 다행이란 생각이 들었어. 너한테는 정말 미안해."

이현이가 떨리는 목소리로 말했다. 아마도 은영이의 고통스러운 이야기에 다행이라는 생각을 하는 것에 대한 죄스러움 때문일 것이다. 그러나 그건 은영도 마찬가지였다.

"아니야. 사실 나도 그래. 사실 나는 내가 잘못한 줄 알았어."

"너도?"

은영이가 고개를 끄덕였다. 이현이 다시 말했다.

"내가 혹시 치마를 줄여 입어서 그런 건가 했어. 아니면 내가 만만해 보였나……."

"나는 솔직히 어떤 생각까지 했는 줄 알아?"

은영이가 망설이다 말했다.

"아빠가 없어서 그런 건가 했어."

말하고 보니 웃겼다. 은영이가 휴 하고 한숨을 내쉬며 "자격지심

인가." 했다.

"자격지심 아니야. 나도 별의별 상상 다 했거든. 근데……."

은영이가 고개를 끄덕였다.

"우리 잘못 아니겠지?"

고개를 끄덕이려다 갸우뚱했다.

"잘못이 아닌데 자꾸 잘못인 것 같아. 아 맞다!"

"뭐?"

"갑자기 비가 막 쏟아져! 소나기가! 그래서 비를 맞았어. 그럼 그게 우리 잘못이야?"

"당연히 아니지."

"그런 거랑 똑같은 거야. 우리 그렇게 생각하자."

"갑자기 내린 비에 맞았다?"

은영이 고개를 끄덕였다. 이현이의 얼굴이 조금씩 밝아졌다.

"맞는 것 같아."

점심시간이 끝났음을 알리는 노랫소리가 들려왔다. 엘리제를 위하여.

"번호 좀."

이현이가 먼저 자신의 핸드폰을 내밀었다. 은영이는 자신의 번호를 입력하고 통화 버튼을 눌렀다. 둘의 핸드폰에 서로의 번호가 저장됐다. 혼자가 아니라는 것, 동지가 있다는 것 하나만으로도 은영은 따뜻한 호박죽을 먹은 것처럼 배가 뜨끈해졌다.

***

다음 날 점심을 먹자마자 이현이와 만나 4반으로 갔다. 이현이가 연주와 몇 번 말해 본 적이 있다고 했다. 연주는 이현이를 보고 인사를 한 후에 은영이를 보고는 고개를 갸우뚱했다. 둘 사이의 공통점을 찾는 듯했다.

벤치에 앉아 우물쭈물하는데 연주가 먼저 입을 뗐다.

"나 숙제 안 해서 얼른 들어가 봐야 해."

"너 혹시……."

은영이가 운을 떼자 이현이가 말을 이었다.

"보름달 좋아해?"

"아니!"

"싫어해?"

이번에는 대답이 없었다.

"보름달 이상하지 않아?"

"뭐가?"

"자꾸……."

"자꾸 뭐?"

"몸을 밀착하지 않아?"

연주는 한참 동안 입을 다물고 있더니 은영이와 이현이의 눈을 지그시 바라봤다. 그리고 결심한 듯 고개를 끄덕이며 "너희도?"라고 물었다. 목소리가 조금씩 떨려 왔다.

은영이와 이현이가 고개를 끄덕였다.

연주가 안도한 듯이 휴 하고 낮은 한숨을 토해 냈다.

"······싫었겠다."

연주의 목소리에는 떨림 대신 안도가 서렸다.

"진짜 싫었어."

"보름달 모양의 빵만 봐도 다 짓이겨 버리고 싶었어."

이현이가 말하자 은영이가 푸하 웃으며 "나도 그런 적 있어." 하고
동감했다.

"나한테만 그러는 줄 알았어."

"아니야."

"내가 이상해서. 내가 뭘 잘못해서 그런 줄 알았어."

은영이가 이현이의 손을 잡았던 것처럼 이현이도 연주의 손을 잡
았다. 시간이 없어서 더 이상의 말을 나누지는 못했지만 서로의 번호
를 공유했다. 따로 떨어져 있던 점들이 선으로 연결되는 것처럼, 홀
로 떨어져 있던 은영이와 이현이, 연주의 외로운 마음이 보이지 않는
선으로 연결됐다.

"나는 보름달이 갑자기 옆으로 오라더니 자기 무릎에 앉게 했어.
내가 놀라니까 자기가 더 놀라는 척하면서 왜 그러냐고 하는 거야."

연주의 눈에 살짝 눈물이 맺혔다.

"자기가 더 적반하장으로, 길길이 날뛰면서 자기를 뭐로 보는 거
냐고. 그래서 나중에 사과까지 했어."

"뭐 사과?"

은영이가 큰 소리를 냈다. 이현이가 은영이에게 눈짓을 했다. 은영이가 입을 다물었다.

"그래야 할 것 같았어. 자기는 아무 짓도 안 했는데 내가 과민하게 반응했으니까……."

"이 얘기 아무한테도 안 했어?"

은영이 묻자 연주가 고개를 끄덕였다.

"거짓말이라고 할 것 같아서."

은영은 연주의 마음을 알 것 같았다.

세 명 다 똑같은 일을 당했다고 한다면, 과민하다느니 피해 의식이라느니 거짓말이라느니 같은 말들은 듣지 않을 것이다. 각자 따로 떨어져 존재하던 점이 선으로 연결되는 건 이래서 중요한 거다. 너무 작아 눈에 띄지도 않을 것 같은 점들을 눈에 보이게 하기 위해서. 존재한다고 말하기 위해서. 은영이와 이현이가 연결되고 이제 연주도 연결이 된 것이다. 그런 식으로 5반의 유이도 연결되었다.

6반의 준희는 그런 일을 당하지 않았다고 했다. 오히려 얼굴이 시뻘게져 화를 냈다.

"야, 우리 아빠가 그러는데 무고죄도 있대."

준희의 아빠는 유명 변호사라고 했다.

"그게 무슨 말이야? 우리가 거짓말한다는 말이야?"

준희는 대답하지 않았다.

"부끄러운 일이야."

"뭐가?"

"그런 일 당한 거."

"왜 우리가 부끄러워해야 돼?"

이현이가 말했다.

준희가 한참을 생각하더니 "여자니까."라고 답했다. 준희는 벤치에서 일어나서 인사도 없이 교실로 들어가 버렸다. 준희가 그런 일을 당하지 않은 건 너무 다행스러운 일이지만, 벤치에 앉아 있던 은영이와 이현이, 유이와 연주는 비참한 기분에 사로잡혔다.

이런 비난을 받는 게 두려워 넷은 여태껏 입 다물고 있었던 거였다. 그런데 그런 비난을 어른들이 아닌 준희에게 듣자 더욱 슬픈 마음이 들었다.

"비."

이현이가 말했다.

"뭐?"

"네가 처음 만난 날 말했잖아. 우린 갑자기 비를 맞은 거라고."

"비?"

연주가 물었다.

"은영이랑 처음 만난 날 은영이가 그랬어. 우린 마치 갑자기 내린 소나기를 맞은 것과 같다고. 그러니까 우리 잘못이 아니라고. 쟤는 아무것도 몰라."

연주가 고개를 끄덕였다.

"우린 다 같이 비를 맞은 거야. 혼자 안 맞아서 다행이야."

유이가 덧붙였다.

"비 맞는데 남자, 여자가 무슨 상관이야!"

은영이가 벤치에서 벌떡 일어서서 말했다.

"걘 혼자 조선 시대에 사나 봐."

"세상의 시계는 각자 집마다 다르게 돌아가니까."

유이가 또 멋진 말을 했다.

"어쨌든 우린 21세기를 살자!"

넷은 단톡방에서 만나자는 말을 남기고 각자 교실로 돌아갔다. 만약 하나의 점이었다면, 아까의 비참한 기분을 이겨 내지 못했을 것이다. 은영이는 점들을 찾아내 선으로 이은 자신이 무척 대견하게 느껴졌다.

그러나 누군가가 한번 뱉은 말은 쏟아진 물과 같아서, 안 들은 상태로 돌아갈 수 없었다. 은영이는 '무고죄'라는 말이 자꾸 귀에 맴돌았다.

용기를 내 한걸음

안녕하세요? 작가님.

오늘 오후에 안 좋은 일이 있었어요. 아빠가 변호사인 애가 있는데 우리한테 무고죄라는 것도 있다면서 부끄러워하라고 하더라고요.

만약 저희가 어떤 일을 겪었는데, 그건 진짜인데, 증거가 없으면 무고죄에 걸릴 수도 있을까요?

저는 아빠는 안 계시고 엄마가 마트에서 일하세요. 엄마는 최선을 다해 저를 키워 주시지만, 아마 돈은 없을 거예요. 만약 고소당하면 어떡하죠? 원래는 다 같이 모여서 선생님께 말하려고 했거든요. 애들이랑 상의해서 저희 말을 가장 잘 들어 주는 선생님께요.

저희 담임은……. 한 번 말한 적이 있는데 오히려 절 의심하는 것 같더라고요. 제가 마치 거짓말하는 것처럼요.

근데 걔 말을 듣고 나니 조금 망설여지네요. 그냥 말하지 말아야 할까요?

은영 학생. 메일 잘 받았어요.

전 정말 억울한 것은 못 참는 성격이에요. 무고죄라니! 참 어이가 없네요. 은영 학생이 그런 일을 당할 확률은 거의 없고, 만약 당한다면 제가 나서서 도와줄 테니 절대 걱정하지 마세요!

그리고……. 그 친구도 그런 일을 당했지만, 부모님으로부터 '그런 일을 당하는 건 부끄러운 일이야' 같은 교육을 받고 자라서 그런 일을 당했다고 말하지 못하는 것일 수도 있어요. 사람은 엄청 복잡하고, 또 개별적인 존재라 어떤 일을 당했을 때 대처하는 방법이 제각기 다르거든요.

그 친구는 자신도 피해자이면서 오히려 가해자 대신 피해자들을 비난하기로 마음먹은 것 같아요. 그 친구가 그런 마음을 먹은 이상, 그 친구의 마음을 바꿀 방법은 없어요. 그냥 그 친구는 그대로 살게 내버려 두고 은영학생과 친구들은 앞으로 나아가야 합니다.

은영은 메일을 읽으며 준희를 떠올렸다. 준희는 정말 피해를 당하지 않은 것일까 아니면 피해를 당했지만 숨기는 것일까? 그렇다면 피해를 당한 걸 숨기는 이유는 뭘까? 은영은 자신의 머리를 긁적였다.

왜 이런 일을 당해서는……. 하고 화가 날 때쯤 단톡방 알림음이 울렸다.

– 내일 점심 먹자마자 벤치로 와.

이런 일을 당해서 슬프지만, 같이 헤쳐 나갈 친구들이 있어서 다행이었다.

***

점심을 먹자마자 벤치로 갔다. 이현이가 1등이었고 은영이, 유이, 연주가 차례로 왔다. 넷은 벤치에 앉아 앞으로 이런 일을 방지할 방법을 고민했다.

"내가 우리 담임한테 말했었는데 안 믿었어."

은영이 입을 뗐다.

"……내가 예민하다고 생각하는 것 같았어."

은영의 말에 나머지 셋은 입을 떼려다 말고 침묵했다. 거짓말쟁이로 몰릴 거라는 두려움이 엄습해 온 것이다. 순수한 피해자가 되기는 어렵다. 세상은 엄격해서, 피해자들에게 늘 묻는다. 당신은 피해자 자격이 있습니까?

"구체적으로 써야 할 것 같아. 우리가 당한 일들을."

이현이가 말했다.

"몇 월 며칠 몇 시에 그런 일을 당했는지."

"맞아! 이태리 작가님도 그랬어."

"이태리 작가님이 누구야? 너 누구한테 이 얘기 했어?"

연주가 얼굴이 새파래져서 물었다.

"아니 아니, 책에서. 이태리 작가 소설에서 본 것 같다고."

"우리 계획을 구체적으로 세우기 전에는 어디에도 말하지 말자. 왠지 그럼 다 어긋날 것 같아."

연주가 제안했고 다들 고개를 끄덕였다.

"그럼 내일까지 자기가 당했던 일들을 구체적으로 써 올까?"

은영의 말에 연주가 되물었다.

"근데 애매한 것들은 어떡하지?"

"뭐?"

유이가 되물었다.

"보름달이 어깨를 주물렀는데 되게 기분이 나쁜 거야. 그런 것도 써도 될까?"

"분명 예민하다고 할 거야."

"그럼 엉덩이 스친 거는? 그것도 실수로 그랬다고 할 수 있잖아."

"그런 식으로 하면 아무것도 적을 게 없어."

이현이가 말했다.

"그건 네 말이 맞지만 피해망상이라고 하면 어떡해?"

"우린 인정받으려는 게 아니야. 사람들이 그렇게 생각한다고 해도 그건 그 사람들 생각이고, 우린 우리가 당한 피해만 쓰면 돼."

이현이는 강경한 입장이었다. 처음에 주저하던 모습과는 달리 이현이는 적극적이었다. 한번 마음을 먹으면 저돌적으로 나아가는 편인 것 같았다. 은영도 고개를 끄덕였다.

"그럼 내일까지 구체적으로 적어 오자. 그리고 적은 걸 가지고 어디로 갈지는 내일 정하자."

은영이는 의심받지 않을 만한 아주 확실한 일, 예를 들어 가슴을 손으로 쳤다거나 무릎에 앉혔던 일만 쓰고 싶었다. 담임 선생님께 의심받았던 일 때문에 자신도 모르게 경계하는 마음이 생긴 것이다.

"움츠러들지 말자."

은영이 말하자 다들 고개를 끄덕였다.

그날 저녁 은영이는 책상에 앉아 그동안 있었던 일을 적기 시작했다. 하얀 에이포(A4) 용지에 1이라는 숫자를 적자, 숫자를 여러 개 적어야 할 만큼 자신이 당한 게 많다는 자각이 일었다.

그냥 흘려 넘기지 않고 문서화하자, 모든 게 구체적으로 다가왔다. 그리고 이상하게도 날짜와 시간은 헷갈려도 그 당시의 공기만큼은 방금 일어난 일처럼 생생하게 떠올랐다. 구체적인 사실만 적자고 다짐했는데 자꾸 사실 외의 감정이 들어갔다.

4. 2019년 10월 10일, 3교시 과학 수업 시작 전, 과학실.

일찍 오라고 해서 가면서도, 지난번에 있었던 일이 떠올라 발걸음이 느려졌다. 그래서 일부러 윤영이와 함께 갔더니 과학 선생님의 표정이 확 변했다. 나는 그 표정이 잊히지가 않는다. 마치 방해꾼을 만났다는 표정, 귀찮다는 표정, 심지어 모욕당한 표정이었다. 내가 친구를 데려간 것이 과학 선생님을 모욕한 것일까? 과학 선생님은 윤영이에게 교무실로 가서 출석부를 가져오라고 시키고는 나를 향해 입꼬리를 올렸다.

네가 그래 봤자……. 이런 표정이었다.

물론 이건 내 생각이기 때문에 실제 과학 선생님은 그런 생각을 안했을 수도 있다. 그러나 내가 그때 좌절감을 느낀 건 사실이다. 윤영이가 과학실을 나가자마자 과학 선생님은 나에게 비커를 챙기라고 하면서는 내 등 뒤에 자신의 몸을 밀착시켰다. 그때의 기분을 뭐라고 표현해야 할지 모르겠다. 정말 끔찍했다. 토하고 싶었다. 그때 나는 확신했다. 이건 내가 텔레비전에서 본 성추행 사건과 비슷한 일이라는 것을. 별일 아니야 하고 넘겨 왔지만 이건 별일이라는 것을.

여기까지 쓰고 은영은 가쁜 숨을 토해 냈다. 글로 쓰는 것일 뿐인데도 마치 그때로 돌아간 듯 비참한 기분이었다. 그냥 다 때려 치우고 싶어. 관두고 싶어. 이건 상처에 소금을 뿌리는 것과 같은 짓이야. 자해 행위야.

은영은 자꾸 눈물이 나서 화장실을 가기 위해 방에서 나왔다. 퇴근하자마자 옷도 갈아입지 못한 채 저녁을 차리던 엄마가 은영을 바라봤다. 은영은 아무렇지 않은 척 애써 미소 짓고 화장실로 들어갔다.

들어서자마자 세면대 물을 틀었다. 세세세세. 물 흐르는 소리가 들렸다.

"은영아, 무슨 일이야?"

화장실 밖에서 엄마가 물었다.

"눈에 뭐가 들어가서."

은영이는 연습한 것처럼 능숙하게 대답했다.

"엄마가 불어 줄게."

"괜찮아. 씻으면 돼."

"손 깨끗이 씻고 해야지 아니면 더 따가워."

"알았어. 신경 쓰지 마."

은영이가 짜증 내며 말하자 엄마는 "밥 다 돼 가니까 조그만 기다려." 하고 말했다. 저벅저벅 부엌으로 걸어가는 소리가 들렸다. 은영은 물은 계속 틀어 놓은 채로 변기 뚜껑 위에 앉아 한숨을 내쉬었다. 엄마가 만약 알게 되면 어떻게 될까? 속상해하시겠지? 왜 그런 일을 당했냐고 뭐라고 하실까? 아니야. 내 잘못이 아니라고 하실 거야. 분명 내 편이 되어 줄 거야. 그런 생각을 하자 마음이 조금 놓였다. 엄마는 은영의 최후의 보루였다.

　최후의 보루가 있기에 은영이 여기까지 올 수 있었는지도 모른다. 은영은 다시 한 번 마음을 다잡았다. 이현이, 유이, 연주의 얼굴이 차례로 떠올랐다. 함께 손을 잡고 걸어갈 수 있는 친구가 있어서 다행이었다.

***

　피해에 대해 구체적으로 적고 나자 의견이 갈렸다. 이현이는 선생님께 말하지 말고 바로 교육청 홈페이지에 글을 남기자는 의견이었고, 유이와 연주는 선생님께 말하자는 의견이었다. 은영은 원래 선생님께 말하자는 의견이었는데, 담임에게 말했는데 무시당했던 기억이 자꾸 떠올라 망설여졌다.

　"우리 담임이 그나마 여자에 나이도 제일 어린데도 내 말 안 믿어 준 거 보면 다른 선생님께 말해 봤자일 거야."

　"분명 한 명쯤은 우리 편이 되어 줄 선생님이 계실 거야."

"그러니까 그 선생님을 어떻게 찾냐고. 그럴 바에야 교육청 홈페이지에 남기는 게 빠르겠다. 보름달 얼굴 볼 때마다 토할 것 같아."

이현이 말했다.

"선생님들 이름 다 적어 본 다음에 한 명씩 제거해 가자. 그럼 최소한 한 명은 남을 거 아니야. 만약 한 명도 남지 않으면 교육청 홈페이지에 남기고."

유이가 중재안을 내놨다. 유이는 소극적으로 따라오는 것 같아도 고비마다 중요한 의견을 낸다. 다들 고개를 끄덕였다.

"근데 한 명씩 제거하자고 하니까 마치 첩보 영화 찍는 거 같아."

연주가 말했다.

"우리가 지구의 수호자야."

이건 이현의 말.

"아이언 맨, 캡틴 아메리카 같은?"

이건 은영의 말이었다.

"야, 다 남자잖아. 여자 히어로는 누가 있지?"

이현이 물었다.

"백설 공주랑 신데렐라밖에 생각 안 나."

유이가 답했다.

"그런가? 아! 생각났다! 캡틴 마블! 그래, 캡틴 마블. 이제 여성 히어로도 조금씩 나오기 시작해."

이현이 말했다.

"시대가 변하고 있나 봐……. 그래, 변하고 있어."

은영이 씩씩하게 말했다. 어쩐지 캡틴 마블을 떠올리자 용기가 샘솟는 듯했다. 캡틴 마블이라는 여성 히어로가 있다는 것 하나만으로도 이렇게 힘이 나는데, 여성 히어로들이 점점 더 늘어나면 얼마나 든든할까.

은영은 텔레비전에서 보았던 미투 운동을 떠올렸다. 그걸 보면서 세상에 나쁜 일이 너무 많이 일어난다고 생각했는데, 실은 나쁜 일들이 이제야 세상에 나오기 시작한 게 아닐까 하는 생각이 지금에야 들었다. 예전에는 나쁜 일들에 대해 말할 수조차 없었는데, 이제는 말할 수 있게 된 것이다. 그렇다면 세상은 좋아지고 있는 게 아닐까?

작가님, 저희가 모든 문서 작업을 마치고 이걸 누구에게 전달할까로 고민 중이거든요. 믿을 만한 사람을 가리는 방법을 알려 주실 수 있을까요?

은영 학생은 정말 필요할 때만 연락하네요.

제 입장에서 신뢰할 수 있는 사람을 찾는 법을 알려 드리자면, 왕따를 찾으세요!

선생님들 간의 관계를 중시하는 사람보다는 원칙을 중시하는 사람요. 학칙 어기는 것에 엄격하고 지각이나 교복 줄여 입는 것 등 절대 안 봐주는 사람. 같은 선생님이라도 잘못을 지적할 수 있는 사람. 자신에게도 남에게도 엄격한 사람.(여기서 중요한 건 '자신에게도'예요.) 그런 사람을 찾아보는 게 좋을 거예요. 물론 그런 사람일 경우, 은영 학생이 싫어할 확률이 높겠죠. 사실 그런 사람은 누구나 싫어해요. 그러나 어떤 문제가 생겼을 경우 관계보다는 원칙을 중시해서 해결할 확률이 높아요.

좋은 사람이 문제 해결도 잘해 주면 좋죠. 그러나 현실적으로는 그렇지 않아요. 뭐랄까 좋은 사람이라고 생각했는데 막상 문제가 생기면 도망가려고만 하고, 좋게좋게 해결하라고 등 떠밀기도 해요. 자신은 계속 좋은 사람으로 남고 싶거든요. 그 욕망에 다른 이들을 희생시키는 거예요.

여기까지 읽었을 때 은영은 단번에 역사 선생님을 떠올렸다. 40대 독신 남자 선생님인데 매번 식사도 급식실에서 혼자 하고, 퇴근도 혼자 한다. 고깃집을 하는 부모님을 둔 친구에 따르면 학교 단체 회식에 역사 선생님만 안 왔다고 한다. 지난해 일어난 사건으로 인해 선생님들 사이에서 왕따가 됐다는 소문이 퍼졌다.

작년에 역사 선생님이 담임을 맡았던 반에서 학교 폭력 사건이 벌어진 적이 있다. 한 학생이 다른 학생을 밀쳐서 뒤로 넘어졌는데, 오른손으로 바닥을 짚다가 뼈에 금이 갔다. 학교에서는 단순 장난으로 넘어가려고 했는데 역사 선생님이 가해자와 피해자를 분류하여 학폭위를 열었다. 보통 이런 일은 피해 학생의 요구로 이루어지는데 피해 학생조차 단순 장난이었다고 넘어가 달라고 했었다.

학폭위를 열어 확인해 본 결과 정말로 단순 장난으로 밝혀졌다.

평소 둘이 주고받은 메시지와 친구들의 증언을 바탕으로 내린 결론이었다. 이 일로 유난 떤다는 말이 학교에 떠돌았다. 피해 학생도 자기가 어디 가서 맞고 다닐 사람으로 보이냐며 더 씩씩거리며 화를 냈었다. 역사 선생님 뒷담화는 덤이었다.

만약 역사 선생님께 말하면 필요 이상으로 문제가 커지는 게 아닐까? 아니, 필요 이상이란 게 뭘까?

만약 여기까지 읽고 떠오르는 사람이 있다면 그 사람에게 말해 보세요. 자신을 믿고 앞으로 나아가세요. 은영 학생의 옆에는 많은 사람들이 함께하고 있다는 걸 잊지 마세요.(저도요.)

P.S. 현우 학생과 사촌 지간이라고 했죠? 메일 주소 차단하고 블로그 폐쇄했더니 새로운 메일 계정을 만들어서 메일을 보냈더라고요. 이제 제발 좀 그만하라고 전해 주세요.

우린 연결돼 있어!

점심시간이 되자 습관처럼 모였다. 그 때문에 단짝 친구인 윤영은 처음에는 삐진 듯했지만 나중에는 당연한 듯 보내 줬다. 과학 준비물 담당자끼리의 모임이라고 생각하는 듯했다. 단짝 친구인 윤영에게도 하지 못했던 얘기들을 인사만 하고 지내던 애들에게 털어놓을 때면 슬프기도 하고 기쁘기도 했다. 슬픔과 기쁨은 쌍둥이였다. 같은 일을 당했다고 생각하면 너무 끔찍해서 슬펐고, 그래도 같은 일을 당했기에 서로의 마음을 깊이 이해할 수 있다고 생각하면 기뻤다.

"나는 역사 선생님 생각했어."

은영의 말에 셋이 놀란 표정을 지었다.

"역사?"

이현이 고개를 저었다.

"그럼 넌 누구 생각했는데?"

은영에 말이 이현은 체육 선생님이라고 대답했다.

"왜?"

"착하잖아. 체육 선생님 욕하는 사람 아무도 못 봤어."

"우리 담임도 그렇잖아."

"뭐?"

"우리 담임도 다들 좋아하고 칭찬만 하잖아. 근데 막상 내가 그 이야기를 어렵게 꺼냈더니 좋게 해결하라고 했잖아."

"그렇네."

이현이 말꼬리를 내렸다.

"유이야, 너는?"

"난 도무지 모르겠어."

유이가 입술을 깨물었다.

"연주, 너는?"

"나도 사실 역사 선생님 생각했어."

"왜?"

은영과 이현이 동시에 물었다. 은영은 생각이 통했다는 기쁨에, 이현은 이해가 안 가서 물었다.

"······보름달이 교무실로 부른 적 있다고 했잖아. 왜 저번에 말했던 보름달이 무릎에 앉힌 날······. 그때는 말 안 했는데, 그날 교실로 돌아가는 길에 역사 선생님 마주쳤었어. 내 눈이 충혈돼 있으니까 나한테 무슨 일 있냐고 꼬치꼬치 캐묻더라. 근데 추궁하는 느낌은 아니었어. 뭐랄까 걱정하는 느낌?"

"정말이야?"

연주는 고개를 끄덕였다. 넷의 눈빛이 동시에 마주쳤다. 은영과 이현이 고개를 끄덕였다. 이어 유이와 연주가 고개를 끄덕임으로써 넷은 역사 선생님께 말하기로 결심했다. 그러나 구원자를 기다리는 것과는 다르다. 넷은 자신들을 도와줄 사람을 기다리는 대신, 적극적으로 찾아 나섰다.

넷이 역사 선생님께 드릴 말씀이 있다고 하자 역사 선생님은 좀 놀라는 듯했다. 내일이면 과학 선생님이 학교에 오기 때문에 오늘 꼭 말해야 한다는 공감대가 형성됐다. 사실 일이 이렇게 진척된 데는 과학 선생님이 없다는 게 한몫했다. 눈에 보이지 않는다는 게 심리 안정에 많은 도움을 줬다.

친구들이 운동장을 가로질러 집에 가는 모습을 바라보며, 은영과 이현, 유이와 연주는 함께 방송반으로 갔다. 역사 선생님께서 교무실 대신 방송반으로 오라고 했기 때문이다. 오디오 시설이 갖춰진 곳인데 다섯 명이 들어가면 꽉 찰 정도로 좁은 공간이다.

어느새 적극적인 은영과 이현이 앞으로, 유이와 연주가 뒤에 서서 걸어갔다. 작은 모임 안인데도 리더 격인 아이와 소극적인 아이가 나뉘었다. 피해자라는 공통점 외에는 모든 것이 다르다. 그 때문에 사소한 말 한마디도 조심했다. 그 조심성 때문에 서로가 깨지지 않고 아주 느리게라도 앞으로 나아가고 있는지도 몰랐다.

선생님은 미리 와 있었다. 마지막으로 연주까지 들어오자 방송반이 꽉 찼다. 선생님은 자신의 머리를 긁적이고 발바닥으로 바닥을 쿵쿵 내리치고 손톱을 깨물었다. 초조해 보였다. 누가 먼저 입을 뗄까 눈치를 보는 사이, 이현이가 입을 열었다.

"과학 선생님 내일 오시는 거 맞아요?"

"그렇다고 들었어."

역사 선생님이 흠흠 하고 목소리를 가다듬더니 "과학 선생님 관련된 이야기니?" 하고 물었다. 넷이 동시에 고개를 끄덕였다.

"미안하지만 짐작 가는 바가 있어."

'미안하지만.'이라는 말의 뜻은 무엇일까.

"왜 미안하냐면 짐작은 하면서도 선뜻 나서지 못했어. 오바하는 게 아닐까 하는 일말의 두려움 때문에. 단도직입적으로 물을게. 혹시 과학 선생님이 너희에게 원치 않는 스킨십을 했니?"

은영은 눈을 꼭 감았다. 그리고 고개를 끄덕였다. 한참 시간이 지났다고 생각했을 때 눈을 떴다. 이현이와 유이, 연주도 고개를 숙인 채 고개를 끄덕이고 있었다.

"저희에게 어떤 일이 있었는지 정리해 왔어요."

이현이가 가방에서 종이 뭉치를 꺼냈다. 깔끔한 성격답게 파일철에 정리를 해 왔다.

선생님이 파일철을 받아 들며 "이게……."라고 말했다.

"읽어 보세요."

"응. 그래. 오늘 집에 가서 꼼꼼히 읽어 볼게."

"선생님."

은영이 불렀다. 선생님이 눈을 끔뻑였다.

"저희 도와주실 거예요?"

선생님이 어깨를 으쓱하며 "도와주는 게 아니라 내 일을 하는 거야. 선생으로 해야 할 일을 피하지 않을 거야."라고 했다.

은영이 나지막이 한숨을 내쉬었다. 옆에서도 한숨을 내쉬는 소리가 들려왔다.

"어떻게 될까요?"

"너희들을 믿지만, 나도 내 나름대로 여러 가지 조사를 해 볼 거야. 너희를 못 믿어서가 아니라 그게 정당한 절차니까."

은영이 친구들을 쳐다봤다. 친구들도 서로의 눈을 맞추고 고개를 끄덕였다. 우리를 못 믿어서가 아니라 올바로 믿기 위해 조사한다는 걸 이해했다.

"그리고 그걸 바탕으로 절차대로, 법대로 처리할 거야. 원칙에 맞게. 근데 왜 나한테 말하는지 물어봐도 돼?"

"그게요."

은영이 침을 꿀꺽 삼켰다.

"저희 담임 선생님한테 말했었는데 제 말을 안 믿어서요. 교육청에 말할까 하다가 그래도 우릴 도와줄 선생님이 한 분은 있지 않을까 고민하다가 선생님이 떠올랐어요."

"그러니까 왜?"

"왕따 같아서요."

은영은 말해 놓고도 아차 싶었다. 선생님이 피식 웃었다.

"너희 담임 선생님이 영어 선생님인가? 학생 의견 묵살하고 사건 무마하려고 한 것도 징계 대상이야. 이것도 같이 문제 제기할 거야."

담담한 선생님의 말투가 든든하게 느껴졌다.

"질긴 싸움이 될 거야. 아마도 많은 사람들이 영어 선생님이 그랬던 것처럼 너희 말을 안 믿을 거야. 너희를 거짓말쟁이로 만들 거야. 상처받을 일이 생길 거야. 그렇지만 너희를 믿고 지지해 줄 사람들도 있을 거야. 눈에 보이지는 않아도."

선생님이 마른 입술에 침을 발랐다.

"상처받지 않을 수는 없지만, 상처받더라도 앞으로 나아가자. 나도 내 역할에 최선을 다할게. 알다시피 왕따라서 눈치 볼 것도 없다."

선생님의 말에 은영과 이현, 유이와 연주가 웃었다.

방송반을 나오니 아까 방송반에 들어갈 때보다 어둑해져 있었다. 복도에는 아무도 없었다. 학교에 자신들만 있는 기분이었다. 엄숙하고 우울했다. 상처를 받겠지. 은영의 머릿속에는 가시밭길이 떠올랐다. 가지 않으면 가시에 찔릴 일도 없을 것이다. 그러나 가지 않으면 가시밭길 너머 정원에도 도착하지 못할 것이다. 정원에 도착하기로 마음먹었다면 상처받지 않기를 바라는 대신, 가시에 찔리더라도 걸어갈 수 있는 용기를 달라고 기도할 것이다.

은영이 이현의 손을, 이현이 유이의 손을, 유이가 연주의 손을 잡았다.

함께, 앞으로 나아가자.

운동장을 가로질러 교문을 빠져나오면서 은영은 먼 훗날 자신은 이때를 어떻게 기억할까 생각했다. 적어도 처음으로 성추행을 당한 시기가 아니라, 처음으로 용기를 냈던 때로 기억되기를 간절히 바랐다.

"우리 잘한 걸까?"

연주가 물었다.

"몰라. 그래도 내일 과학이 돌아와도 더 이상 우릴 만지지는 못하지 않을까."

유이가 중얼거렸다. 은영과 이현이 고개를 끄덕였다.

"그럼 그것만으로도 된 거 아니야?"

은영이 말했다. 그래, 그것만으로도 괜한 짓은 아니다.

"난 떳떳해."

"나도."

"나도."

"나도."

교문을 지나 손을 놓고 각자의 집으로 걸어갔다.

각자의 집으로 돌아갔다가 내일 다시 학교에서 만나 손을 잡을 것이다. 그러다 다시 손을 놓고 각자의 집으로 가겠지. 그러다 필요하면 다른 친구와 손을 잡고, 또 다른 친구와 손을 잡고, 손에 손을 잡고, 점점 더 확장되어 가겠지.

은영은 멈춰 섰다.

친구들이 점이 되어 점점 사라져 갔다. 그러나 보이지 않는 선으로 연결되어 있다. 눈에 보이지 않아도 볼 수 있다. 이 선을 따라 내일 또 만나자.

안녕.

……좀 전에 말씀드린 것까지가 지금까지의 일이에요. 이제 시작인데 어떻게 될지는 모르겠어요. 솔직히 너무 떨리고 가슴이 터질 것 같아요.

요새 이런 종류의 기사를 많이 찾아봐요. 그럴 때마다 마음이 너무 괴로워요. 마치 제가 그 당사자가 된 것 같거든요. 그런데 어떤 사람들은 가해자에게 감정 이입을 하는 것 같아요.

……남자가 그럴 수도 있지. 이런 댓글을 볼 때면 마치 나한테 하는 말처럼 상처가 돼요. 그래도 뉴스를 그만 보자는 생각보다는 더 눈을 크게 뜨고 사회 문제에 관심을 가져야겠다는 생각이 들어요. 각자의 자리에서 열심히 싸워야겠다는 생각도요.

참, 두 가지 새로운 소식이 있어요. 하나는 전학 간 예은이에게 메일을 보냈는데 답 메일을 받았어요. 전학은 과학 때문이 아니라 아빠 직장 때문에 갔지만, 이사를 가야 한다는 이야기를 들었을 때 제일 먼저 과학 얼굴이 떠올랐대요. 이제 그 새끼 안 봐도 되겠구나! 하고요. 필요하면 자신의 피해도 진술해 주겠다고도 했어요.

그리고 나머지 뉴스는……. 과학한테 성추행당한 애들이 저희만이 아니라는 거예요. 다들 처음에는 아무한테도 말 안 했다가(왠지 수치스러워서요.) 역사 선생님께 말하고 나서 어차피 알려질 테니 미리 말하자는 생각으로 단짝 친구들에게 말했어요. 그게 입에서 입으로 전해지면서 피해자들이 너도나도 나타났어요. 걔네들도 혼자만 끙끙 앓고 있었던 거예요. 아무도 안 믿어 줄 것 같아서, 혹은 자신의 탓이라고 할까 봐요. 누군가 용기를 내서 입을 열자(그게 저라는 게 너무 자랑스러워요.) 조금씩 입을 열기 시작한 거예요.

점과 점을 잇자 선이 되고, 그 선들이 이어져 틈새가 만들어진 것 같아요. 이런 틈새가 있을 거라고는 생각하지 못했어요. 아주 작은 틈새지만, 그 틈새가 생긴 것만으로도 보호받는 기분이에요.

사실 처음 그 이야기를 들었을 땐 착잡했어요. 이렇게나 많은 아이들이 나와 같은 일을 겪었구나 하는 생각 때문에요. 그런데요, 시간이 지나면서 이런 생각이 들었어요. 제가 손을 들고 말하기 전까지는 피해자가 아무도 없었잖아요. 그런데 그건 진짜 없는 게 아니었잖아요. 보이지 않았을 뿐, 분명 피해자는 있었던 거잖아요. 그러니 피해자가 하나둘 늘어나는 건 좋은 거라고요. 적어도 이제 숨어 있지 않고 밖으로 나오는 중이니까요. 마치 미투 운동처럼요.

역사 선생님이 그러는데 장기전이 될 거래요. 나중에 결론이 나면 다시 메일 드릴게요.

은영 학생, 앞으로 정말 힘든 과정이 남아 있어요. 법대로 과학 선생님이 죗값을 받게 된다 하더라도 은영 학생과 친구들은 그 과정에서 많은 상처를 받을 거예요. 이런 일은 대부분 '상처뿐인 승리'로 끝나게 되거든요. 슬프지만……. 제가 봐 온 현실은 그래요.

그럼에도 이번 일이 은영 학생의 인생에 꺼지지 않는 용기가 되어 줄 거라고 생각해요. 어떤 비바람도 절대 꺼뜨릴 수 없는 용기요. 왜냐하면 은영 학생은 연대의 힘이 얼마나 큰지 이미 깨달았잖아요.

은영 학생과 제가 이렇게 연결된 것처럼, 은영 학생과 친구들이 연결된 것처럼, 우린 모두 연결되어 있고 은영 학생은 그걸 발견했어요. 점과 점뿐이라 눈에 보이지 않았을 텐데, 아주 밝은 눈으로 보이지 않는 선을 발견한 거죠. 존경한다는 말을 해 주고 싶어요. 은영 학생을 알게 돼서 무척 기쁘고 감사했어요.

P.S. 아, 제가 혹시 집필 중인 장편 소설 때문에 바쁘다는 이야기를 했었나요? 은영 학생과 메일을 주고받으며 참 기뻤지만, 제 생업도 무척 중요하다는 사실을 알리며 메일을 마칠게요.

메일 그만 보내라는 말도 참 길게 한다. 역시 이태리 작가님답다.

은영은 피식 웃으며 메일 창을 끄다가 연결이라는 말을 곱씹었다. 이번 일을 통해 배운 게 있다면 우린 모두 연결되어 있다는 것이다.

느슨하게 연결되어 있을 때도 있고, 강하게 연결되어 있을 때도 있고, 아주 가끔은 연결되어 있지 않은 것처럼 보일 때도 있다. 그럴 땐 자신만 인적 끊긴 도로에 고립돼 있는 느낌이 들지만, 눈을 비비고 다시 보면 저 멀리서 희미한 불빛이 반짝이고 있다. 그 불빛을 놓치지 말아야지. 은영은 다짐했다.

***

서울 시내 모 중학교 교무 부장 성추행으로 검찰에 송치돼

다음 뉴스입니다. 서울 S 경찰서는 수치심을 줄 수준으로 학생들을 추행한 혐의(아동·청소년 성 보호에 관한 법률상 추행 등)로 서울 모 중학교 50대 교사 한 명을 기소 의견으로 검찰에 송치했다고 3일 밝혔습니다.

A 교사는 학생을 은밀히 불러내 자신의 무릎 위에 앉히거나, 허벅지를 만지는 등 은밀히 추행한 혐의를 받고 있습니다. 전수 조사 결과 피해자만 스무 명이 넘는 것으로 밝혀졌고 이미 졸업한 학생들까지 포함하면 피해자는 더 늘어날 것으로 보입니다.

A 교사는 혐의에 대해 대부분 기억이 나지 않거나 추행한 사실이 없다고 부인했습니다. 그러나 경찰은 성추행 범죄가 '반의사 불벌죄'(피해자가 처벌을 원하지 않을 경우 처벌할 수 없는 범죄)가 아님에 따라 A 교사를 기소 의견으로 검찰에 송치했습니다.

처음 이 사건이 불거진 건 두 달 전이었습니다. A 교사에게 상습 성추행을 당하던 한 학생이 용기를 내어 친구에게 고백을 했더니 그 친구 또한 자신도 그런 일을 당한 적이 있다고 밝힌 것입니다. 이에 용기를 내어 다른 피해자들을 찾았고, 그렇게 찾은 피해자들과 함께 피해 사실이 담긴 문서를 만들었습니다. 이를 B 교사에게 전달했고,

B 교사는 면밀히 검토 후에 교육청에 신고한 것으로 알려졌습니다.

학생을 인터뷰하기 위해 연락을 시도했으나 출연을 정중히 거절한다는 메시지와 함께 이런 말을 보내왔습니다. 이를 마지막으로 읽어 드리며 뉴스를 마치겠습니다.

"눈에 띄지 않을 정도로 작은 점들이라도, 잇다 보면 도저히 무시할 수 없을 정도의 존재감을 나타냅니다. 점을 이어 선을 만드는 거죠. 선을 만들다 보면 틈새가 생겨요. 사방이 다 막혀 있는 완벽한 공간은 아니지만, 어쨌든 숨 쉴 공간 정도는 돼요. 그 공간에서 여러 친구들과 함께 숨을 쉬고 있자니 두려운 마음이 옅어지고 조금은 안전한 기분이 되었어요. 사회에서는 이를 연대라고 하더라고요. 저는 이번 일을 통해 연대하는 마음을 배웠습니다. 무엇보다 그 과정에서 용기를 주신 이태리 작가님께 감사드립니다."

에필로그

어머머머! 은영 학생!

뉴스에서 제 이름을 언급했더라고요. 정말 안 그래도 되는데……. 전 정말 아무 대가도 바라지 않고 도와준 거예요. 저는 정말, 눈곱만큼도, 발톱의 때만큼도 명예욕 이런 거 없어요.

그래도 은혜를 잊지 않은 은영 학생이 기특하네요!

다음에 혹시 또 인터뷰 기회가 있다면 제 책 제목을 꼭 언급해 주세요. 그래야 광고가 되거든요. 그럼 부탁할게요. 찡긋.

P. S. 1. 아, 그리고 혹시 같은 반의 영운이란 학생한테 제 메일 주소 알려 줬나요? 전 작가이지 상담사가 아닙니다. 몇 번을 말해야 하나요?

지금 세 번째 책 작업으로도 너무 벅차요. 저는 성격상 메일을 읽고 나면 아무리 무시하자고 해도 무시가 안 돼요. 답장하고 싶어서 손이 근질근질하죠. 그래서 얼마 전부터는 제목도 안 보고 무조건 삭제하는데 메일 제목에 은영 학생 이름이 있어서 클릭했다가 그만……

휴, 신발 도둑이 누군지 궁금해서 잠이 안 올 정도네요. 영운 학생한테 답 메일 보냈으니 얼른 읽고 답하라고 전해 주세요.

P.S. 2. 앞으로 은영 학생에게 많은 일들이 생길 거라 생각해요. 숨 쉬며 살아가는 이상, 아무 일도 일어나지 않을 수는 없으니까요. 길가에 핀 들풀조차 바람과 공기, 햇볕과 비의 영향을 받잖아요.('들풀조차'라고 하고 보니 웃기네요. 전 인간들보다 들풀, 강, 산, 바다 같은 자연이 더 위대하다고 생각해요. 인간들…… 정말 지긋지긋해.)

세찬 비가 내릴 때는 우산을 찾지 말고, 함께 비를 맞을 친구를 찾길 바라요. 더불어, 친구가 비를 맞고 서 있다면 같이 비를 맞아 주는 친구가 되길 바랄게요. 이번처럼요.

메일 창을 닫으며 앞으로 이태리 작가님에게 메일 보낼 일이 생기지 않았으면 하고 바랐다. 그러나 기도하는 순간에도 은영은 알았다.

당연히 그럴 수 없다는걸.

이태리 작가님 말처럼 살아가는 이상 아무 일도 없을 수는 없다. 그런 생각을 하자 한숨이 푹푹 나왔지만 그래도 도망치지는 않을 것이다.

인생에 아무 일도 일어나지 않길 바라기보다 어떤 일이 일어났을 때 이겨 낼 수 있는 용기를 달라던 기도문을 떠올렸다.

남의 생각이라도 자신의 생각처럼 중얼거리다 보니 어느새 진짜 자신의 생각인 양 느껴졌다. 은영은 점점 사고를 확장하고 마음을 넓혀 가는 중이었다.

사람들은 이걸 성장이라고 부른다.

그렇다면 은영은 분명 성장하고 있었다.

띠링! 메일이 왔습니다

초판 1쇄 발행 2020년 02월 14일
초판 2쇄 발행 2021년 05월 12일

지은이 이선주

편집장 천미진 | **책임편집** 이정미 | **편집** 임수현, 민가진
디자인 한지혜, 강혜린 | **마케팅** 한소정 | **경영지원** 구혜지

펴낸이 한혁수
펴낸곳 도서출판 다림
등 록 1997. 8. 1. 제1-2209호
주 소 07228 서울시 영등포구 영신로 220 KnK 디지털타워 1102호
전 화 (02) 538-2913 | **팩 스** (02) 563-7739
블로그 blog.naver.com/darimbooks
다림 카페 cafe.naver.com/darimbooks
전자 우편 darimbooks@hanmail.net

ⓒ 이선주 2020

ISBN 978-89-6177-220-4 43810

이 도서의 국립중앙도서관 출판예정도서목록(CIP)은 서지정보유통지원시스템 홈페이지(http://seoji.nl.go.kr)와
국가자료공동목록시스템(http://www.nl.go.kr/kolisnet)에서 이용하실 수 있습니다.(CIP제어번호: 2020002941)